蜂飼　耳　編

Mimi Hachikai

大岡信『折々のうた』選

岩波新書
1815

目次

歌謡

——うたげの余韻

大和《やまと》は　国《くに》の真秀《まほ》ろば　畳《たた》なづく　青垣《あをかき》　山籠《やまこも》れる　大和《やまと》しうるはし

古事記歌謡《こじきかよう》

古代伝説の悲劇の皇子倭建命《やまとたけるのみこと》が伊勢の能煩野《のぼの》で絶命する時、故郷をしのんで歌ったものという。「真秀ろば」はマホラ、マホラマと同じで、すぐれた所の意。一首、大和は陸の秀でた所、重なりあう青い垣根のような山々に抱かれた大和こそ、げに美わしい所、という意味だが、実際は皇子の事蹟とは無関係に、国見の儀式の時歌われた国ぼめの歌だろうという。しかし、悲運の皇子のいまわのきわの懐郷の歌として読むとき、この歌はまことにあわれ深い。

あはれ。　あなおもしろ。　あなたのし。　あなさやけ。　をけ。

古語拾遺《こごしゅうい》

古代から伝承された旧説を録した平安前期の歴史書『古語拾遺』に、天照大神が身を隠していた天の岩戸から再び世に立ち現れたとき、闇に再び光が戻ったのを喜んで神々が歌い舞った曲として録される。この歌の語句はすべて、歓喜の情を盛った単純率直なはやし詞に近い。「おもしろ」は大神の出現で明るくなり、互いの面《おもしろ》が明白くなったことと同書は説く。面上の明るみのよみがえりを「面白い」として喜び祝った古代の心。

筑波峰《つくはね》に　廬《いほ》りて　妻なしに　我が寝《ね》む夜《よ》ろは　早《はや》も明けぬかも

風土記歌謡《ふどきかよう》(常陸風土記《ひたちふどき》)

古代、農作業が本格化する前の春先、山に登って男女が歌いかわし、それぞれ相手を得て一夜を共にすごす行事があった。カガイ(嬥歌・歌垣)という。筑波山の嬥歌は特に有名で、これもその一首だが、ふられ男の、「早く朝になれ」というぼやき歌であるのが面白い。一見自由な山遊びだが、この機に求婚しようとする男は、女に財物を提供する必要があったらしい。してみるとこの男、貧しいためにふられたのか。そう思ってみると、歌は別の姿を見せてくる。

この御酒《みき》は　我が御酒《みき》ならず

酒《くし》の司《かみ》　常世《とこよ》にいます

記《き》紀《き》歌《か》謡《よう》

『古事記』『日本書紀』所収の勧酒歌の一節。後の応神天皇が皇太子の時、戦勝の祝宴で母の神功皇后が皇太子に酒を勧めながら唄った歌とされる。この酒は私からの酒ではないのですよ。酒をつかさどる聖なる神が、永遠の楽土「常世」の国から献じてくれた酒なのです、と。この後に、さあ、一滴あまさず飲みほしたまえという歌詞が続き、それに対してさらに謝酒の歌がうたわれる。古代、飲酒は聖なる祈りとまじないと寿祝のものだったのである。

狭井川《さゐがは》よ　雲立ち渡り　畝傍山《うねびやま》　木《こ》の葉《は》さやぎぬ　風吹かむとす

古事記歌謡

『古事記』によると、神武天皇崩御後、その后《きさき》イスケヨリヒメをめとったタギシミミノミコトが、姫の三人の皇子を殺そうと謀った。姫は苦悩してこの歌によって皇子たちに警告した、とある。「狭井川」は三輪山に源を発して巻向《まきむく》川に入る。「よ」はから。狭井川から雨雲が湧きたち、畝傍山では木の葉がざわめく。大風が今にも吹きはじめるぞ。本来は叙景歌だったものを物語に編入したと思われるが、柄の大きい秀歌である。

赤玉《あかだま》は　緒《を》さへ光れど　白玉《しらたま》の　君が装《よそひ》し　貴くありけり

古事記歌謡

彦火火出見尊《ひこほほでみのみこと》（海幸山幸《うみさちやまさち》神話の山幸の神）が海神の娘豊玉姫《とよたまひめ》との間に子をなす。姫は出産の姿を見ないでくれと固く念を押すが、産屋《うぶや》の屋根が葺《ふ》き終えていなかったため、尊はのぞき見してしまう。姫は八尋《やひろ》の大鰐《おおわに》の姿に変わっていた。見られたのを恥じ怒って海の宮へ去った姫は、代わりに妹の玉依姫《たまよりひめ》を尊のもとへ送る。その時妹姫に託した歌がこれだと神話はいう。赤い宝玉は、玉だけでなく緒まで光り輝くが、白玉である尊よ、あなたの装いはもっと貴く恋しいと。

沖《おき》つ鳥《とり》　鴨着《かもど》く島に　我《わ》が率《ゐ》寝《ね》し　妹《いも》は忘れじ　世の尽《ことごと》に

古事記歌謡

前回掲出の豊玉姫の恋歌に答えて、彦火火出見尊が姫に贈った歌。「沖つ鳥」は「鴨」の枕詞。両者のこの贈答は『日本書紀』にも載るが、そちらでは「鴨どく」は「鴨づく」。鴨の着く島。その島で共寝したわがいとしい妻を、私は命ある限り忘れはしないと。二つの歌とも、民間で愛誦されていた恋歌が神話の衣装をまとって公式文書に記録されたものだろうが、背景が変わると歌の感じまで変わるのが一興。

乙女らに　男立ち添ひ　踏み平《な》らす　西の都は　万代《よろづよ》の宮

続日本紀歌謡《しょくにほんぎかよう》

『続日本紀』は『日本書紀』のあとを受けた史書。これは称徳天皇宝亀元年(七七〇)三月の項に出る歌。天皇が河内の由義《ゆぎ》の宮に行幸した折、歌垣の儀式が行われた。百済と漢からの渡来人六氏の子孫二百三十人が、美しい衣装を着て男女別々に列を作って進みながらこの歌を唱《うた》ったとある。「西の都」は奈良の都に対して由義の宮を称《たた》えて言った。「踏み平らす」行為には、祈りをこめた呪術的な意味があったらしい。

枚方《ひらかた》ゆ　笛吹き上《のぼ》る　近江《あふみ》のや　毛野《けな》の若子《わくご》い　笛吹き上《のぼ》る

日本書紀歌謡《にほんしょきかよう》

『日本書紀』継体天皇二十四年の項に出る。一見明るく軽やかな歌謡だが、実は死者送葬の歌である。古代朝鮮、新羅に敗れた南加羅の国の復興助勢のため派遣された近江出身の将軍毛野の臣《おみ》は、失政のかどで召還され、対馬到着後病により急逝した。何やら背後に暗殺のにおいもする出来事だった。遺体をのせた送葬の船ははるばる難波経由で淀川をのぼった。枚方付近を通過して笛吹き鳴らしつつ故郷へ向かう時、出迎えの妻が唱った哀歌がこの歌だという。

命《いのち》の全《また》けむ人は　たたみこも　平群《へぐり》の山の　熊白檮《くまかし》が葉《は》を
髻華《うず》に挿《さ》せ　その子

古事記歌謡

日本古代の伝説的英雄倭建命が、東征の帰途病み疲れて伊勢まで帰り、ついに再び立てぬと知ったとき、故郷大和をしのんで歌った臨終の歌。若く健やかな者たちは、故郷へ帰ってあの平群の山の熊がしの葉をウズ(かざし)として髪を飾り、若々しい命をことほぐがいい、共に戦った君らよ、と。もとは若者を讃美祝福する老人の歌だったろうというが、悲劇の皇子の臨終の歌に仮託されるに及んで、一層深い意味が生じた。

飛鳥川《あすかがは》　漲《みなぎら》ひつつ　行く水の　間《あひだ》もなくも　思ほゆるかも

日本書紀歌謡

斉明天皇(女帝)の孫建王《たけるのみこ》が八歳で夭折《ようせつ》した時、天皇が悲嘆してたびたび歌ったとされる歌。『日本書紀』に含まれる百二十八首の歌謡の中でも、最も叙情的な歌の一つである。作の時代もその味わいも、『万葉集』初期時代の歌に通じるものがある。上句で飛鳥川の水が満々とたたえて流れつづけるさまを言い、そのまま、夭折した皇孫を思いつづける祖母自身の嘆きのさまに重ねて、序詞としている。

大和辺《やまとへ》に　風吹き上げて　雲離《くもばな》れ　退《そ》き居《を》りともよ　我《わ》を忘らすな

風土記歌謡(丹後《たんご》風土記)

『古事記』歌謡にもこの歌がある。そちらでは仁徳天皇の愛人黒姫が詠んだことになっているが、この丹後風土記では、何と浦島太郎伝説にちなむ歌として利用されている。玉手箱をあけてわが孤独を痛切に知った浦島が、常世《とこよ》の国の神女を慕って嘆いていると、神女がはるかの海から美声に乗せてこの歌を送ってきたというのである。どちらの場合にも、歌が物語にうまくはまっているのが面白い。

梯立《はしたて》の　倉梯山《くらはし》を　嶮《さが》しみと　岩懸《か》きかねて　我が手取らすも

古事記歌謡

仁徳天皇に求婚された女鳥王《めどりのきみ》がこれを拒み、天皇の弟速総別王《はやぶさわけのきみ》と通じたため、天皇は二人を反逆罪で殺そうとする。二人は逃れて倉梯山に上る。これはその時のハヤブサワケの歌として古事記に出ている。「倉梯山がけわしくて岩に取り付けないため、あなたは私の手をこうしてお取りになって」。古代の愛の歌には劇的状況に置かれた恋人たちの歌が多い。元来は民間で愛唱されていた歌かもしれないものでも、物語の主人公たちに仮託されると俄然生きてくる。

埴生坂《はにふざか》　わが立ち見れば　かぎろひの　燃ゆる家群《いへむら》　妻《つま》が家《いへ》のあたり

古事記歌謡

仁徳天皇の子、履中天皇の歌。弟の墨江中王《すみのえなかつみこ》が天皇を暗殺しようと難波宮に放火した。天皇は逃れ、河内のタジヒ野を経て埴生坂についた。そこから宮を遠望すると、なお盛んに燃えている。そこで詠んだのがこの歌だという。元来はいわゆる国見の歌で、かげろう燃える家々のいらかをたたえ、妻をたたえた歌だろう。しかし、前回の歌謡についてものべたように、別の状況と組み合わされれば別の意味を帯びるのが古代歌謡の面白さである。

常《とこ》しへに　君も逢《あ》へやも　いさなとり　海の浜藻の　寄る時々《ときどき》を

日本書紀歌謡

容姿のあまりの美しさに、衣を通してまで光ったので衣通郎姫《そとおりのいらつめ》の名があるという古代最高の美女の歌。允恭《いんぎょう》天皇の皇后の妹で、天皇の寵愛を受けた。茅渟《ちぬ》の宮に住まわせていた郎姫のもとへ天皇が行幸した時彼女が歌った歌。イサナトリは「海」の枕詞。海藻が時々浜に寄せる（そのように時を置いてではなく）、いつもいつも逢ってください、というのである。風土色が自然に恋の歌に独特な生気を通わせている。

愛《うるは》しと　さ寝しさ寝てば　刈薦《かりこも》の　乱れば乱れ　さ寝しさ寝てば

古事記歌謡

同母兄弟の婚姻は古代社会においても厳禁だった。木梨の軽太子《かるのみこ》と美女軽大郎女《かるのおおいらつめ》の悲恋物語が強い印象を与えるのはそのためである。二人は道ならぬ恋ゆえに軍勢に追われるが熱愛はやまず、太子はついに伊予に流される。大郎女はこれを追い、ついにその地で二人して果てた。この歌は物語中で太子がうたう歌。いったん愛して寝た以上、後はどうなろうとままよと激情的にうたいあげているが、これもまた元来は民謡だったろう。

高浜に来寄《きよ》する波の沖つ波寄すとも寄らじ子らにし寄らば

風土記歌謡（常陸風土記）

常陸国（茨城県）茨城郡高浜の、春秋の美しさ、楽しさをたたえた『風土記』の文章に続いてこの歌がある。「子ら」のラは複数のラではなく、愛称のラ。「寄らば」は「寄らばや」の意。上句は沖から打ち寄せる波また波を歌うが、それは下句で言いたいことを強調するためである。波のように他の女たちが寄ってきても、おれはそっちへは寄らない、あの子のそばへ寄りたいのだ、が本意。大げさだが純情。

水門《みなと》の　葦《あし》の末葉《うらば》を　誰《たれ》か手折《たを》りし
我が背子《せこ》が　振る手を見むと　我《われ》そ手折りし

よみ人《びと》しらず

『万葉集』巻七。「港に生える葦の葉の葉先を折ったのはだれ？　あの人が振る手をよく見ようと、あたしが折ったの」。五七七・五七七の旋頭歌《せどうか》という形式の歌で、やがて五七五七七の短歌形式が優勢になるが、二人の掛け合いの形を残す旋頭歌には、独特の魅力、古風な懐かしさがある。この唱い手は何者だろう。夫を見送る妻か。なじみの男と朝の別れを惜しむ港町の遊行女婦《うかれめ》か。恋の歌は可憐《かれん》さこそ命である。

筑波嶺《つくはね》に雪かも降らる否《いな》をかも愛《かな》しき児《こ》ろが布乾《にのほ》さるかも

東歌《あずまうた》(常陸国《ひたちのくに》の歌)

『万葉集』巻十四には東国民衆が歌いついできた二百三十首の歌謡を一括しておさめる。以下に数首を紹介しよう。

「降らる」「乾さる」は「降れる」「乾せる」の訛《なま》り。布のニノも方言。おや、筑波嶺に雪が降ったのかな。いやいやあれはいとしいあの娘《こ》が、洗った真白な布を乾したのではないか。当時雪ほど白い布などなかったが、恋歌は誇張を愛する。

吾《あ》が恋はまさかも悲し草枕多胡《たご》の入野《いりの》のおくもかなしも

東歌(上野国《こうずけのくに》の歌)

「まさか」のマサは目の方向、カは所を意味するという。マサカで目前の意。「草枕」は旅の枕詞だが、タビから転じてタゴにかかったとされている。「入野」は奥深い野で、オクを導く序。「おく」は場所・時ともに遠い先をさすという。私の恋は今も悲しく切ない。そして多胡の入野の奥さながら、オク(将来)も切ない、という意らしい。しかし、そういう現在と未来にかかわる歌の意味を知る以前に、「おくもかなしも」の表現のふしぎな魅力にうたれる。

雷《いかづち》の　光の如《ごと》き　これの身は　死《しに》の大王《おほきみ》　常に偶《たぐ》へり　畏《お》づべからずや

仏《ぶっ》足《そく》石《せきの》歌《うた》

奈良の薬師寺構内の仏足石歌碑に二十一首の歌が刻まれている。天平勝宝ごろの造建らしい。欠損、磨滅個所もある。仏足石歌は仏の足跡を讃嘆し、仏教の教えを歌で説いたもので、五七五七七の短歌形式の下にさらに七音一句が加わる。一字一音の万葉仮名で記されている。これはその二十首目。人の命は電光の短さだ。死神という大王がいつも人間に寄り添うている。だからいつ死んでも悔いのないよう仏道にはげめ、というこころである。

何《いづ》れぞも　泊《とど》まり

かの崎《さき》こえて

神楽歌《かぐらうた》・早歌《そうか》

神楽歌は広くは神前で舞いと音楽に唱和する歌謡、狭くは宮中で奏される神事歌謡をさす。ふつう『神楽歌』と題する本におさめるのは後者で、こまかく分けられた形式によって奏される多種多様の歌詞がある。右は「早歌」の部の一つ。楽人が本《もと》と末《すえ》に分かれて掛け合いでうたう。第一行が本方、第二行が末方。旅人同士が海ですれ違いながらの問答だろうが、短い問答ゆえに心にしみて忘れがたい。「今夜はどこでお泊り?」「あの岬を廻った所で」。

朝倉や　木の丸殿《まろどの》に　我が居《を》れば　我が居《を》れば
名宣《なの》りをしつつ　行《ゆ》くは誰《たれ》
神楽歌

「朝倉」は斉明天皇西征時に行宮《あんぐう》を設けた筑前(福岡県)の土地。「木の丸殿」は皮もはがないままの丸木造りの宮殿。「名宣り」は宿直に出仕した役人が氏名を名のって通ることで、名対面といった。つまりこれは古代の宮中行事の一情景をうたった珍しい題材の歌謡なのである。「朝倉」「木の丸殿」などの語感の新鮮さ、名のる行為の物珍しさが、謡い物としての魅力を生んだ。なお、『新古今集』には作者を天智天皇御製として短歌の形で出る。

つぎねふ　山城川《やましろかは》に　蜻蛉《あきつ》　嚔《はな》ふく　嚔《はな》ふとも　我《あ》が愛者《はしもの》に　逢はずは止《や》まじ
琴《きん》歌《か》譜《ふ》

『琴歌譜』は大歌所に伝来した古歌謡の譜本で現存する日本最古の楽譜。宮廷の歌だが、農耕民的な恋歌が多い。右は冬の歌とはいえないが、前作(『折々』一六一頁)とあわせ見るため掲げた。「つぎねふ」は山城の枕詞。「はなふく」「はなふ」はクシャミする。古代人はクシャミを吉兆と考えたらしいが、この歌だと蜻蛉《とんぼ》のクシャミは逆だったようだ。だがそれでも、と男はいう、おれは川を渡って可愛い女の所へいくぞと。蜻蛉がクシャミするとどんな顔になるのだろうか。

なほこそ　くにのかたは　みやらるれ　わがちちはは
ありとしおもへば　カヘラヤ

平《へい》安《あん》船《ふな》唄《うた》

『土左日記』所収。土佐守の任を終えて京に帰った晩年の紀貫之が仮名文字で書いた『土左(佐)日記』には、和歌やこの船唄のような平安時代歌謡も録されていて貴重である。右の唄は少年水夫が歌ったので胸にしみたと文中に書かれている短唱。「なおさらに故郷の方を見やりたくなる、ちちははがいると思えば」の意。カヘラヤははやし詞というが「帰ろうよ」ともきこえる。どんな節回しで歌ったものだろう。

茨小木《うばらこぎ》の下《した》には　鼬鼠《いたち》笛《ふえ》吹《ふ》く　猿《さる》奏《かな》づ　稲子《いなご》丸《まろ》は拍子《ひやうし》打《う》つ　蟋蟀《きりぎりす》は鉦鼓《しやうご》打《う》つ

風《ふ》俗《ぞく》歌《うた》

平安時代やそれ以前の地方民謡で、貴族の宴遊などに特に愛唱された現存数十曲の歌詞を風俗歌とよぶ。短歌形式から来たものもあれば、まったく独特な形式のものもある。ここにあげたのは『体源抄』所収の風俗歌の一つで、平安後期の画僧鳥羽僧正の作という「鳥獣戯画」を思わせるような小動物の秋の演奏会。「茨小木」はイバラ。「鉦鼓」は銅製の丸いカネ。平安歌謡集『梁塵秘抄』にも同想の唄が録されている。

我《われ》のみや　子持《こも》たると言へば　陸奥《みちのく》の　塙《はなは》に立てる　松も子持てり

陸奥風俗歌《みちのくのふぞくうた》

古代の地方民謡のうち、これは奥州で唱われていたもの。ただし歌詞が今日に残り得たのは、平安朝貴族たちの間でも愛誦され、文書として記録されたからである。東国の風俗歌が比較的めだつ上、深い味のものが多い。「塙」は小高い土地。「私だけがかわいい子を持ってると思っていたのに、おや、塙に立つ松も、子松を持ってるんだね」。芽生えたばかりの松は、当時長寿祈願の心もこめて特に愛されたものである。

総角《あげまき》や　とうとう　尋《ひろ》ばかりや　とうとう　離《さか》りて寝たれども
転《まろ》びあひけり　とうとう　か寄りあひけり　とうとう

催《さい》馬《ば》楽《ら》

催馬楽は奈良時代の民謡を平安時代になって雅楽化したもの。「総角」は子どもの髪の結い方。童児の髪を十二、三歳になると中央で左右に振り分け、耳の上で丸くたばねる。転じてその年ごろの少年少女。「とうとう」ははやしことば。「尋」は手を左右にひろげた時の両手先間の距離。はじめは互いに離れて寝ていたのに、ころげ合い、寄り合い、幼い恋の少年少女よ。民謡のひなびた味がはやしことばと溶け合って、いかにも古代的なのどかさをかもす。

田中《たなか》の井戸に　光れる田水葱《たなぎ》　摘《つ》め摘め吾子女《あこめ》　小吾子女《こあこめ》
たたりらり　田中の小吾子女《こあこめ》　　　　　　　　催馬楽

催馬楽は平安貴族の愛唱歌謡だが、元来民間風俗歌を雅楽化し、律呂二種の曲調をつけたもの。歌詞にひなびたものが多いのはそのためである。タナギは田に生えるナギで、摘んで葉を食べた。「タナカ」と「タナギ」、「ツメツメ」と「アコメ」など音に響き合いがある。「吾子女」「小吾子女」は少女に親しくよびかけた言葉。「たたりらり」ははやしことば。田んぼの水に、タナギが光る、摘め摘め小むすめ、ひゃらりやひゃらり、田んぼの小むすめタナギを摘みな。

鷹《たか》の子は　余《まろ》に賜《たば》らむ　手に据《す》ゑて　粟津《あはづ》の原の　御栗林《みくるす》の
廻《めぐ》りの鶉狩《うづらか》らせむや　さきむだちや　　　　　　　　催馬楽

平安貴族たちは地方民謡を大いに好んだ。彼ら自身の文化にはない土の香りのする民謡を、外来の貴重な雅楽の楽器で演奏し、歌い楽しんだのである。鷹狩りを歌ったこの歌謡は、近江（滋賀県）粟津の原一帯の民謡だろうという。「賜らむ」は頂きたいものです。「手に据ゑて」は、手にとまらせて。「さきむだちや」は催馬楽常用のはやしことばで、特別意味はないが調子がよい。地方色が生む新鮮な物珍しさ。

西寺《にしでら》の　老鼠《おいねずみ》　若鼠《わかねずみ》　御裳《おむしやう》喰むつ　袈裟《けさ》喰むつ　袈裟《けさ》喰むつ
法師に申さむ　師に申せ　法師に申さむ　師に申せ

催馬楽

奈良末・平安初期の歌謡。「西寺」は東寺と一対になる寺で、奈良にも京都にもあった。ここはどちらのか不明。西寺に巣くう老ねずみめ、若ねずみめ、だいじな衣服や袈裟をば食い散らしてしまったぞ、坊様に言ってやろ、老師様に言ってやれ。子どもの歌う童謡だろうが、うがってとればつまみ食いを常とする役人ばらに対する諷刺《ふうし》と警告のたとえ歌とも読める。たぶん両様に歌われていただろう。歌の用途、生かし方は実際さまざま。

淀河《よどがは》の底の深きに鮎《あゆ》の子の　鵜《う》といふ鳥に背中《せなか》食はれてきり〳〵めく　可憐《いとを》しや

梁塵《りょうじん》秘抄《ひしょう》

平安歌謡。鵜飼の情景だろう。鮎が身もだえして逃げようとはねる様を、「きりきりめく」と形容しているところなど、表現に大いに生彩がある。淀川などの川べりに群れて春をひさいでいた遊女らの愛誦した歌かもしれない。そうだとするなら、鵜につかまってきりきりめいている鮎の子に、なにがしか彼女ら自身の運命をも感じとっていたか。後世の芭蕉の句、「おもしろうてやがてかなしき鵜舟哉」と並べてみるのも一興だろう。

吹く風に消息《せうそこ》をだにつけばやと思へども　よしなき野辺《のべ》に落ちもこそすれ

梁塵秘抄

平安歌謡。「消息」は手紙。「つけばや」はことづけたい。「よしなき」は見当はずれの。風に託してでも恋文を送りたいと思うが、どうせ見当はずれの野っ原に落ちてしまうだろうさ。思いが通じない焦りとあきらめを、風まかせの頼りない手紙という形で自嘲的にうたうが、内容はなんとも粋《いき》なもの。佐藤春夫の『殉情詩集』にはこの歌詞をじかに借用した作もあって彼の愛誦ぶりを示している。

さ夜更《よふ》けて鬼《き》人衆《にんし》こそ歩《あり》くなれ　南無《なも》や帰依《きえ》仏《ぶつ》南無《なも》や帰依《きえ》法《ほふ》

梁塵秘抄

平安後期歌謡。深夜になると異形《いぎょう》の鬼どもがむれ歩くと信じられていた時代の歌謡で、独特の雰囲気がある。恐ろしい百鬼夜行のありさまは、当時の絵巻や『今昔物語集』その他の説話集にも描かれている。鬼を避けるため人々は仏・法・僧の三宝にすがり帰依する祈りをこめて、「南無帰依仏、南無帰依法、南無帰依僧」と、いわゆる「三帰の法文」を唱えたものらしい。鬼は死者たちのあの世での姿でもあった。「鬼人衆」という言い方が印象的だ。

仏は常にいませども　現《うつつ》ならぬぞあはれなる　人の音せぬ暁《あかつき》に　ほのかに夢に見え給《たま》ふ

梁塵秘抄

古今を通じて最もよく知られ愛誦されている仏教歌謡の一つだろう。天台宗で重んじられた法華経の教理を歌謡でうたった。仏は常住不滅だが、凡夫にはまのあたり拝することができないので、一層しみじみと尊く思われる。しかし夜通し一心に祈ったその暁、仏はほのかに夢の中に姿をお見せになるのだ。仏が夢中に示現するというのは、平安ころの信仰者にとって少しも異常な事ではなかった。

美女《びんでう》打ち見れば　一本葛《ひともとかづら》にもなりなばやとぞ思ふ　本より末まで縒《よ》らればや　切るとも刻むとも　離れ難きはわが宿世《すくせ》

梁塵秘抄

平安歌謡。ビンジョウというのは「美《び》」に撥音のンが加わったもので、いかにも歌謡らしい明るい調子がある。女に心奪われた男の溜息の歌。ああいっそ一本のつたかずらになってしまいたい、根本から蔓の先まで、あの人のからだにより合わされてしまいたい、もうどうなってもいい、切られようと刻まれようと、離れられないのがわが宿命、というのである。幹にからみつく蔓の肉感性と、それを表現する言葉の洗練と。

山伏《やまぶし》の腰につけたる法螺貝《ほらがひ》の丁《ちやう》と落ち　ていと割れ　砕《くだ》けて物を思ふころかな

梁塵秘抄

平安歌謡。山伏の法螺貝を歌ったものかと思えば、実は恋の悩みの歌である。「小倉百人一首」の源重之《しげゆき》作に、「風をいたみ岩うつ波のおのれのみ砕けて物を思ふころかな」があるが、「砕けて物を思ふ」というのは当時流行の文句、この歌謡もそれを用いる。「丁と落ち　ていと割れ」と明るい擬音を響かせておいて、さて千々に心砕けて物思いに沈む辛さを歌う。「砕ける」の一語がよく働いて、面白い歌謡を生んだ。

舞へ舞へ蝸牛《かたつぶり》　舞はぬものならば　馬《むま》の子や牛の子に蹴《くゑ》させてん　踏破《ふみわら》せてん　まことに美しく舞うたらば　華の園まで遊ばせん

梁塵秘抄

平安歌謡。歌謡には大人の歌、それも恋の歌が多い。歌謡の性質上当然といえるが、中にこの歌のような童謡が混じっているのは楽しい。蝸牛にむかって、舞え舞え、舞わぬと馬の子や牛の子に踏みつぶさせるよ、とはやしている。蝸牛が立って舞うはずもないが、ここではのばした首を振る様子を舞いと見たものか。蝸牛をマイマイというが、その音のつながりもあるかもしれない。

わが子は二十《はたち》になりぬらん　博打《ばくち》してこそ歩《あり》くなれ　国々の博党《ばくたう》に

梁塵秘抄

平安歌謡。平安朝は一見天下泰平の時代だが、それは一部上層階級の話。庶民生活は貧しく不安定で、悲惨な事も多かった。これは老いた母がうたった体裁の歌。何年も前に家出したあの子、もうはたちにはなっていよう。うわさでは博打うちになり、諸国の博打仲間に入って流浪しているらしい。続けて「さすがに子なれば憎かなし　負かいたまふな　王子の住吉　西の宮」と神々に勝運を祈る母心。昔の話とばかりもいえない。

常《つね》に恋《こひ》するは　空《そら》には織女流星《たなばたよばひぼし》　野辺《のべ》には山鳥秋《やまどりあき》は鹿《しか》　流《なが》れの君達冬《きうたちふゆ》は鴛鴦《をし》

梁塵秘抄

平安歌謡。流行歌謡お得意の形式の一つに「物は尽くし」「歌枕尽くし」がある。当代の人の感興を呼ぶものや、見るべき歌枕の地名を列挙する手法で、これは常に恋をしているのはだれだれか、という形のもの。流れ星の異名は夜這星《よばいぼし》で婚星《よばいぼし》とも書いた。そこで流星も「恋するもの」の一つになる。「流れの君」は淀河沿いの江口、神崎の遊女で、小舟を操って客をとったためにこうよばれた。キウはキミの音便。全体の詞句に風情がある。

心の澄《す》むものは　秋は山田の庵毎《いほごと》に　鹿驚《しかおどろ》かすてふ引板《ひた》の声　衣《ころも》しで打つ槌《つち》の音《おと》

梁塵秘抄

「物は尽くし」の歌謡の別の一例。山の田んぼを荒らしにくる鹿やいのししを追い払うため田の隅の仮小屋(「庵」)からなわを引いた鳴子(「引板」)の音や、衣を砧《きぬた》でしで打つ音に、心の澄むものを見ている。「てふ」は「という」。「しで打つ」は向き合って砧をしきりにうつ。この語をしとしとと打つこととする解もあるが、鳴子の音と並べてあるので、ここでは秋夜の澄んだ空気の中に高く響く音とみてよかろう。

春の初《はじ》めの歌枕　霞たなびく吉野山　鶯《うぐひす》佐保《さほ》姫翁草《ひめをきなぐさ》　花を見すてて帰る雁《かり》

梁塵秘抄

後白河法皇編の平安歌謡集。神仏・俗世に関わる当時の流行歌の歌詞をさまざま集めた中の、これは「物は尽し」とよばれる、物の列挙スタイルの歌。「歌枕」は和歌の伝統で特に重んじられる語句や名所。ここでは春の到来を告げる季節の景物が並ぶ。「佐保姫」は奈良東方佐保山の女神で、西方竜田山の竜田姫の秋に対し、春の女神とされた。歌詞におけるこういう列挙スタイルは、語呂といい情感といい明るいので、現代でも広く愛用される。

平等大慧《びやうどうだいゑ》の地《ぢ》の上に　童子《どうじ》の戯《たはぶ》れ遊《あそ》びをも　漸《やうや》く仏《ほとけ》の種《たね》として　菩提大樹《ぼだいだいず》ぞ生《お》ひにける

梁塵秘抄

平安時代には、恋愛や風俗と並んで神仏を唱う神歌・法文歌がたくさん唱われた。信仰の歌を無視しては古代・中世の歌も歌謡も語れない。右は天台宗で最も重視された法華経の、中でも崇められた方便品《ほうべんぼん》の意味を、たやすく理解できるよう平易にかみ砕いて説いた歌の一つ。衆生一人残らず平等に、唯一の妙法に達しうると説く大智恵の地の上では、幼な子の無心な遊びさえも仏道への種、やがて正覚《しょうがく》の大木へ成長するのだ、という。

遊びをせんとや生《うま》れけむ　戯《たはぶ》れせんとや生《うま》れけん　遊ぶ子供の声聞けば　我《わ》が身さへこそ動《ゆる》がるれ

梁塵秘抄

平安歌謡。普通に読めば、無心に遊ぶ子供の姿を見つつ、つられてわが身までゆらぎ出すようだと大人が歌っている歌である。しかしその解釈とは別に、これを当時の歌謡の重要な作者兼歌手だった遊女の歌だろうとする見解もある。「遊び」も「戯《たはむ》れ」も、当時の言葉では、春を売る行為、またその人を指す語でもあった。その観点から読めば、無心に遊ぶ子らの上にすでに将来の流浪の人生を予感した歌となり、意味は一変する。

女の盛りなるは　十四五六歳二十三四とか　三十四五にしなりぬれば　紅葉《もみぢ》の下葉《したば》に異ならず
梁塵秘抄

『平家物語』に「二代の后」の章がある。近衛帝崩御の後、「御さかりもすこしすぎさせおはしますほど」だが絶世の美女と評判のそのお后に、新帝の二条帝が思いを寄せ、命じて強引に后として召す話である。すなわち二代の后ということになる。その時后の年齢はまだ二十二、三だった。当時「女の盛り」の観念はそんなものだった。女性が自立するにつれ、「女の盛り」は伸びてゆくという事実の裏返し。

山城茄子《やましろなすび》は老いにけり　採《と》らで久しくなりにけり　吾児噛《あこか》みたり　さりとてそれをば捨《す》つべきか　措《お》いたれ措《お》いたれ種採《たねと》らむ
梁塵秘抄

平安から鎌倉にかけ、五百余年間に勅撰《ちょくせん》の和歌集が『古今集』以下二十一編まれた。総称して「二十一代集」という。私撰の和歌集や家集も多い。それらに収める歌の数は大量だ。しかし詠まれている題材の種類は、歌の数に比して驚くほど限られている。だから、その種の和歌集とは別の流行歌謡の中にこんな歌を見出すと、思わず拍手したくなる。「措いたれ」はそのまま放っとけ。素材も歌いぶりも日常そのもの。それでかえって新鮮。

頭《かうべ》に遊ぶは頭虱《かしらじらみ》　項《をなじ》の窩《くぼ》をぞ極《き》めて食《く》ふ　櫛《くし》の歯より天降《あまくだ》る　麻笥《をごけ》の蓋《ふた》にて命《めい》終《を》はる

梁塵秘抄

平安流行歌謡中、日常生活を活写した歌の中でも異色作の一つで、シラミの一生を歌っている。「項の窩」はうなじの窪み。「極めて」はいつも必ず。「天降る」は本来神が天から地上に降《くだ》ること。現今、人事の天降りなどという場合の語源もこれだが、この歌では、櫛にすかれてシラミが天降りをするわけである。「麻笥」は麻を入れておく器。シラミはその上でひねりつぶされ一生を終える。上から順に下へ移動してゆく叙法が面白い。

恋しとよ　君恋しとよ　ゆかしとよ　逢《あ》はばや見ばや　見ばや見えばや

梁塵秘抄

平安歌謡。「恋しとよ」は「恋しということよ」の意。「ゆかし」は「行く」から来た語で、慕わしい、心ひかれる。「見えばや」はお目にかかりたい。言葉も心もまことに単純。それでかえって、歌としてもちこたえているところが面白い。同じ平安時代の中期に編まれた私撰の和歌集成『古今和歌六帖』にも、たとえば「君によりよよ〳〵とよよ〳〵と音《ね》をのみぞ鳴くよよ〳〵と」というような歌がある。

すぐれて速きもの　はいたか隼《はやぶさ》手なる鷹《たか》　滝の水　山より落ち来る柴車《しばぐるま》　三《さん》所五所《じょごしょ》に申《まう》す言《こと》

梁塵秘抄

平安歌謡。「もの尽くし」の一種。並みはずれて速いものは、と前置きし、鷹狩りに用いたハイタカやハヤブサ、拳にすえて待機させる鷹以下を列挙する。「三所五所」は熊野の三所権現と五所の王子社（熊野権現の末社）のことかという。「申す言」はこれらのお社でする唱えごとの意で、なるほど唱えごとは早口である。もう一つ注意すべきは、視覚に関する物を列挙したあげく、最後に一つだけ聴覚に関する呪言をあげた面白さ。

極楽《ごくらく》浄土の東門に　機織《はたを》る虫こそ桁《けた》に住め　西方《さいはう》浄土の燈火《ともしび》に　念仏の衣《ころも》ぞ急ぎ織る

梁塵秘抄

極楽浄土（西方浄土も同じ）の情景は古来歌にも絵にも物語にもたくさん描かれてきた。これなど、その中での異色の歌謡といえよう。「機織る虫」はハタオリ、キリギリスのこと。極楽の東門の桁にはハタオリが住んでいて、浄土の荘厳な燈火のあかりのもと、立ち昇る念仏の声を織り糸にして、「念仏」という衣をせっせと織っている、というのである。機織虫が念仏の声そのもので衣を織るという発想が新鮮。

常に消えせぬ雪《ゆき》の島《しま》　蛍《ほたる》こそ消えせぬ火は点《とも》せ　巫鳥《しとと》といへど濡れぬ鳥かな
一声《ひと》なれど千鳥《ちどり》とか

梁塵秘抄

物の名と実体が示す食い違いの面白さを歌った機智の歌謡。「雪の島」は壱岐《いき》の島のこと。『万葉集』にある歌でユキと呼んだ例もある。「巫鳥《しとと》」は雀科の小鳥だが、びしょ濡れになる意のシトト・シトドに掛けた。雪の島というのににちっとも消えない島。火というのに一向消えないホタルの火。シトトというのに濡れていない鳥。一声しか鳴かなくとも千の鳥というチドリ。他愛ない言葉の遊びも、歌になって唱われれば、万人の楽しみ。

聖《ひじり》の好むもの　比良《ひら》の山をこそ尋《たづ》ぬなれ　弟子《でし》遣《や》りて　松茸平茸滑薄《まつたけひらたけなめすすき》　さては
池に宿《やど》る蓮の蕊《はい》

梁塵秘抄

平安歌謡。「聖」は僧。比良山は比叡山の北にある。弟子をやって山菜を探ねさせる師の御坊。「滑薄《なめすすき》」はエノキタケ。「蓮の蕊《はい》」は蓮根。右の歌はさらにネゼリ・ネヌナワ・ゴボウ・コウホネ・ウド・ワラビ・ツクシと列挙している。精進料理の種類の豊かさの背景にはこういう美味探求の伝統があるわけだが、当時はまた、野菜の名を列挙するだけでりっぱに歌にしてしまう人のたくさんいた時代でもあった。

心凄《すご》きもの　夜道船道《よみちふなみち》　旅の空　旅の宿　木闇《こぐら》き山寺の経の声　想《おも》ふや仲《なか》らひ
の飽《あ》かで退《の》く

梁塵秘抄

「心凄き」は寒く冷たく心細く、すさまじく寂しいといった感じをいう言葉である。この歌はそんな感じのものを列挙している。「船道」は船路。「旅の空」は旅にあること。「想ふや」のヤは調子を整えるための挿入詞。「飽かで」は十分心を尽くす前に。「想ふや」以下は、互いに愛し合う仲の二人が、心ならずも別れねばならない場合を言っている。具象的な事例を列挙しておいて最後に心の世界に転じる技法が妙。

花の都を振り捨てて　くれ〳〵参るは朧《おぼろ》けか　且《か》つは権現御覧《ごんげんごらん》ぜよ　青蓮《しやうれん》の眼《まなこ》
を鮮かに

梁塵秘抄

平安時代の人々が身分・男女・老若を問わず神仏にすがったことは現代の比ではないが、中でも熊野三所権現(本宮・新宮・那智)の主祭神への信心は深く切実だった。人々は相つぐ難所を越えて参詣した。これはその志を歌った今様歌謡。「くれくれ」は難儀しながら。「朧け」はいい加減な気持ち。「青蓮の眼」は青蓮華のように涼しげな仏眼。神様仏様、この苦労は並大抵ではございません、よくご覧になって、どうかこの苦労に見合うお慈悲をと懇願する。

おぼつかな鳥だに鳴かぬ奥山に　人こそ音すなれ　あな尊《たふと》　修行者《しゆぎやうじや》の通るなりけり

梁塵秘抄

「音すなれ」で休止があって「あな尊」となる形。鳥の声さえ聞こえぬほど高く深い山中にわけ入った人が、心細さをつのらせ(「おぼつかな」)途方にくれていると、とつぜん、がさごそと人が歩み寄る気配。おびえてたたずむ前をすたすた歩み去ったのは、なんだ山中で修行するお方ではないか。そこで「あな尊」の感想も湧く次第。その心の揺れを素直に写しとると、そのまま歌謡になったのだ。

われらは何して老いぬらん　思へばいとこそあはれなれ　今は西方極楽《さいはうごくらく》の　弥《み》陀《だ》の誓ひを念ずべし

梁塵秘抄

説話集『十訓抄《じつきんしよう》』にこの歌にまつわる話があって知られている。淀川べりの神崎の遊女が、深い契りを結んだ男に同伴して筑紫に行く途中、海賊に襲われて重傷を負い、まさに死のうとした時、この今様歌謡を何度も歌って息絶えた。その時西方に楽の音が響き、瑞雲《ずいうん》たなびいて遊女の極楽往生を暗示したというのである。極楽浄土にいますという阿弥陀仏への、真心からの信仰をすすめる仏法讃美の法文歌だが、特に初二句の哀愁が愛誦されるもととなった。

淡路《あはぢ》の門《と》渡る特牛《ことひ》こそ　角《つの》を並べて渡るなれ　後《しり》なる牝牛《めうし》の産む特牛《ことひ》　背斑小《せまだらこ》
牝牛《めうし》は今ぞ行く

梁塵秘抄

平安時代風俗だが、特異な情景である。「特牛」は重荷を負う強い牡牛。そのコトイが何頭か先に立ち、うしろから牝牛、その牝牛の産んだコトイ、背がまだら模様の小牝牛がつき従って、淡路の瀬戸を渡ってゆく。ここで「渡る」とあるのは文意から見て「泳ぎ渡る」ととるのが自然だろう。するとこれは舟につないで港から港へ泳がせ運んでゆく所だろうか。「今ぞ行く」が強い感動を伝えてくる。

楠葉《くすは》の御牧《みまき》の土器造《どきつくり》　土器は造れど女《むすめ》の貌《かほ》ぞよき　あな美しやな

梁塵秘抄

「玉の輿《こし》に乗る」という言葉があるが、それは古代・中世の庶民をえがいた詩歌・物語作品で愛好された主題の一つだった。お伽草子などに出てくる物語の中には、貧しい男や不幸な乙女の出世譚が多く、広く愛読されていた。この平安歌謡もその一例。実は歌詞にまだ続きがある。「あれを三車《みくるま》の四車の　愛行輦《あいぎやうてぐるま》にうち乗せて　受領《ずりやう》の北の方と言はせばや」。愛行輦とは婚礼の牛車のこと。土器造りの娘の美貌讃美だけに、露骨な出世願望でなく、微笑ましい。

尼はかくこそ候《さぶら》へど　大安寺《たいあんじ》の一万法師《いちまんほふし》も伯父ぞかし　甥《をひ》もあり　東大寺にも修学《しゆがく》して子も持たり

梁塵秘抄

平安歌謡はどれも面白いが、これはほほ笑ましくもほろ苦い歌の好個の一例。このあとにお「雨気《あまけ》の候《さぶら》へば　ものも着で参りけり」と続く。尼が人々に言っているのだ、「尼(私)はこんなみすぼらしさですが、大安寺の一万法師ね、私の伯父に当たりますの。甥もいますわ、東大寺に修学して子持ちでございますのよ。雨が降るかと思い、今日はいい着物を着ないで参りましたの」。一座の人々にひけをとるまいと、精一杯の見栄を張っているのがあわれにもおかしい。

上馬《じやうめ》の多かる御館《みたち》かな　武者《むさ》の館《たち》とぞ覚えたる　呪師《じゆし》の小呪師《こずし》の肩踊り　巫《きね》は博多《はかた》の男巫《をとこみこ》

梁塵秘抄

平安後期ともなれば、貴族に代わる武士階級の台頭はめざましい。歌謡は風俗を歌うことを通じてこういう変化を活写している。これは新興武士の大邸宅の庭でくり広げられる芸能の描写。「呪師」は芸能者。「巫」は神に仕えて神楽舞をする人。「や、なんというりっぱな馬の多いお屋敷だろう。お武家の邸宅だな。呪師や小呪師が肩踊りをやってるぞ。神楽舞を演じているキネは、あれは博多の男巫ではないか」。「男巫」は歌舞伎でいえば女形のようなものか。

御馬屋《みまや》の隅《すみ》なる飼猿《かひざる》は　絆《きづな》離れてさぞ遊ぶ　木に登り

梁塵秘抄

前回の歌謡と同じ武家の邸宅を歌ったものだろう。「馬小舎の隅の飼い猿は、綱を離れて、おやごらんよ、木登りなんかして遊んでるよ」。この歌謡、後半があって、「常磐《ときは》の山なる楢柴《ならしば》は　風の吹くにぞ　ちうとろ揺るぎて裏返る」。常緑樹の茂った山の楢の小枝は、風が吹くたびちうとろちうとろ揺れてひるがえるというのだ。「ちうとろ」という擬態語は面白い。ゆらりゆらりという程の意味か。

たつものは　海に立つ波群雀《むらすずめ》　播磨《はりま》の赤穂に作れる腰刀　一夜《ひとよ》宿世《すくせ》の仇名《あだな》とか

梁塵秘抄

歌謡の面白さの一つに、何気なく口をついた言葉が次々に連想を生んでゆく機智がある。「たつ」の一語が「立つ」にも「断つ(よく切れる)」にも通じる語呂の興味を生かした作。赤穂で作られる銘刀をいう時の「たつ」は「断つ」の意、他は「立つ」の意で用いた。最後の一節で趣きが変わる。つまり、たった一夜契っただけで深い仲(宿世)になり、仇名、つまり浮名が立ったと言っているのだが、ここがこの歌のかなめなのである。

高砂《たかさご》の高かるべきは高からで　など比良《ひら》の山高々高《たかだかたか》と高く見ゆらん

梁塵秘抄

平安歌謡。高砂(今の兵庫県高砂市)は高いはずなのに高くなく、なぜ比良の山(滋賀県琵琶湖西岸比良山地)は高きが上にも高々と見えるのだろうね。「比良」を「平」にかけたのである。高砂は播磨平野の港市だし、一方比良山地には高い山々が並ぶ。名と実が相反しているのに興じたざれ歌だが、これもまた歴とした詩作品、そのころ愛唱されたものだろう。「高」が七回繰り返される所に詩的な技術がある。

月は船　星は白波　雲は海　いかに漕《こ》ぐらん　桂男《かつらをとこ》は　ただ一人して

梁塵秘抄

『万葉集』巻七冒頭に柿本人麻呂歌集からとしてある一首、「天《あめ》の海に雲の波立ち月の船星の林に漕ぎ隠る見ゆ」と、内容といい発想といい、大層よく似ている。『梁塵秘抄』は平安末期に後白河院が編ませた平安歌謡集だが、その中の一首と古代の人麻呂歌集との類似は偶然とも思えない。少なくとも夜空を見てそこに大海原を想定するという想像力の一つの型があったのであろう。違いは、後代の歌には月に住むという「桂男」の孤影が現れること。

博打《ばくち》の好むもの　平骰子《ひやうさい》鉄骰子《かなさい》四三骰子《しさうさい》　それをば誰《たれ》か打ち得たる　文三刑《もんさんぎやう》
三《さん》月々清次とか
梁塵秘抄

平安歌謡には風俗史の上から見て貴重な証言となる歌も多い。これは当時人気のあった賭けと、その道の名人たちを並べたもの。中国伝来の双六《すごろく》遊びでばくちを打つ事が流行した。平骰子・鉄骰子は双六で使われるサイコロの名称。四三骰子は、二個のサイコロを振って四の目と三の目が出る組み合わせ。これを打つ名人は誰々かと問うて、都に名だたる名人の名前が四つ列挙されている。刑三とか月々とか、いったいどんな連中だったのだろう。

黄金《こがね》の中山《なかやま》に　鶴と亀とはもの語り　仙人童《わらは》の密《みそ》かに立ち聞けば　殿は受領《ずりやう》に
なりたまふ
梁塵秘抄

「黄金輝く中山で、鶴と亀が話している。仙人に仕える童子が立ち聞きすると、二人は『殿様が受領におなりだ、めでたい』と話している」というのである。「受領」は諸国の長官。任地で官吏の長として権勢をふるい、巨富を築いた者も多い。黄金の山で鶴と亀が祝っているのを、仙人の侍童が立ち聞きしたというので、つまりこの歌謡はおめでた尽くし。貴族の屋敷に出入りする芸能者の歌かというが、うなずける説だ。

和歌にすぐれてめでたきは　人麻呂《ひとまろ》赤人《あかひと》小野小町《をののこまち》　躬恒《みつね》貫之《つらゆき》壬生忠岑《みぶのただみね》　遍昭道《へんぜうだう》
命《みやう》和泉式部《いづみしきぶ》
梁塵秘抄

平安歌謡の特色の一つは「ものは尽くし」。これもそうで、歌人で秀でたものは誰々かと列挙してゆく。人麻呂・赤人は『万葉集』、小町・躬恒・貫之・忠岑・遍昭は『古今集』、道命・和泉は『後拾遺集』以後と、当時の有名歌人を列挙する。この形式は何よりもまず暗誦するのに便利だった。この中では道命阿闍梨《あじゃり》だけは現代では耳慣れない名だが、和泉式部との恋愛説話などで広く知られていた出家歌人。

嫗《おうな》の子どもの有様《ありさま》は　冠者《くわざ》は博打《ばくち》の打ち負けや　勝つ世なし　禅師《ぜんし》はまだきに
夜行好むめり
梁塵秘抄

原文ではこれに続いて「姫が心のしどけなければいとわびし」とある。平安時代の老母の嘆き。「ばばの子供らの有り様ときたら、長男(冠者)の若者は博打で負けてばかり。勝つ時とてないんです。禅師は禅師で、小僧っ子のくせにもう夜遊びに夢中。おひい様はまただらしがなくてねえ、ほんとに辛いことです」。次男は僧侶の見習いなのだろう。平安時代、非行なんて言葉はなかったが、実態は今も昔も変わるまい。途方にくれた親の嘆声も。

風に靡《なび》くもの　松の梢《こずゑ》の高き枝　竹の梢とか　海に帆かけて走る船　空には浮雲　野辺には花薄《はなすすき》

梁塵秘抄

平安時代末期の流行歌謡を集めて編んだのが『梁塵秘抄』。当時の時代色を豊かに映す歌謡が多い中に、「もの尽くし」とよび得る歌謡に特色をみせる一群もあって、右に引くのは「風に靡くもの」尽くし。ほかにも京の都で流行の先端をゆく男や女の服装とか、評判の化粧法とか、歩き巫女《みこ》になった娘とか博打うちになった息子とか、ふんだんに人間くさい題材が出てくる中に、これは自然界の景色を題材にまとめた一編。

なにせうぞ　くすんで　一期《いちご》は夢よ　ただ狂へ

閑《かん》吟《ぎん》集《しゅう》

近世室町歌謡。中世以降の歌謡には無常観という太い底流があることはたびたび書いた通りだが、この小歌はそれを端的に吐き出していて忘れがたい。なんだなんだ、まじめくさって。人生なんぞ夢まぼろしよ。狂え狂えと。「狂う」は、とりつかれたように我を忘れて何かに(仕事であれ享楽であれ)没頭すること。無常観が反転して、虚無的な享楽主義となる。そのふしぎなエネルギーの発散。

名残《なごり》惜しさに　いでゝ見れば　山中《さんちう》に　笠《かさ》のとがりばかりが　ほのかに見え候《そろ》

閑吟集

後朝《きぬぎぬ》に女が詠んだという体裁の室町歌謡。女は遊女かもしれない。まだ明けきらぬうちに、男が去ってゆく。次はいつまた会えることやら分からない。なごりは尽きぬ。せめて後ろすがただけでも、と外へ出てみれば、木草がうっそうと茂っている山中に、男のかぶる笠の先だけが、見え隠れしながら、何やら夢の続きのように、ほのかに消えてゆく。「笠のとがり」だけを言う所が心憎い。中世、近世の歌謡の言葉づかいには、こういう省略の強みのあるものが多い。

世間《よのなか》は霰《あられ》よなう　笹《ささ》の葉の上の　さら〳〵さつと　降るよなう

閑吟集

室町歌謡。笹に降る雪やあられは、和歌にも歌謡にも愛好された材料だが、これは中での秀逸だろう。後代の歌謡集にも同じ歌の変形版がいろいろあるが、それらの場合、あられが笹にさらさら降るのと同じようなさっぱりした心ばえこそ好ましいというだめおしが付くことが多い。理屈をつければそうなるだろうが、歌というものはそんな解説なしに流れてゆくのがよかろう。「降る」には同音で「経る」がかくされている。

吉野川の花筏《はないかだ》　うかれてこがれ候《そろ》よの

閑吟集

『閑吟集』は室町時代の各種歌謡三一一首を編んだもの。大半は四季と恋の歌で小歌・大和節・田楽節その他を含む。小歌が圧倒的に多い。右も小歌。花の名所吉野川の桜が、吉野の材木を組んで作った筏の上に散り乱れ、川を下ってゆく。花筏が「浮く」さまに心が「浮く」を掛け、「漕がれ」には「焦がれ」を掛けた恋歌。日本語には同音異義語が多いので、こういう語呂合わせが詩歌の修辞に多用され、特に恋歌に氾濫した。

また湊《みなと》へ舟が入《い》るやらう　からろの音が　ころりからりと

閑吟集

室町歌謡集『閑吟集』が編まれて二十年もすると、信長や秀吉の時代がくる。海洋を通じての大陸との通商は、室町幕府以降とみに盛んになっていた。「からろ」は唐艫で、唐風の長い艫。唐艫の船が必ずしも外国船とはいえないが、流行歌にはこんな言葉一つにも新しい時代の空気が通う。カラロのコロリカラリと響く音に耳澄ませているのは、港市の町人たちか、それとも船に乗ってやってくる男たちを心待ちにしている港の女たちか。

橋の下なるめめ雑魚《じゃこ》だにも　独《ひと》りは寝じと上《のぼ》り下《くだ》る

閑吟集

『閑吟集』は室町時代の歌謡三一一首から成る歌謡集だが、流行歌であるだけに内容は恋を主題にしたものが多い。中でも独り寝のわびしさを歌うものが重要な一翼を占めている点は、古来の和歌集と共通している。日本の恋歌の歴史ではこの独り寝の歌の系列を無視できない。「めめ雑魚《じゃこ》」は目高などの小魚。「こんな雑魚どもでさえ、独り寝はいや、と連れだって流れを上り下りしているのに、この私ときたら……」。類想の多い歌である。

ここは何処《どこ》　石原峠《たうげ》の坂の下　足痛《あしいた》やなう　駄賃馬《だちんうま》に乗りたやなう　殿《との》なう

閑吟集

男と女の掛け合いがそのまま歌の歌詞になっている例は、現代の歌謡曲にも時々ある。これは室町時代の男女の会話。「ここはどこなの」「石原峠の坂の下だよ」「ああ足が痛いなあ。駄賃馬に乗りたいのよ。ねえあなた、ねえ」。駄賃馬は小銭をとって人や物を運ぶ馬のこと。この二人、どんな事情の旅の男女かわからない。わからないままに空想を楽しませる。でもいずれにせよ、女は若そうである。

くすむ人は見られぬ　夢の　夢の　夢の世を　うつつ顔して

閑吟集

室町歌謡集『閑吟集』の中には、応仁の大乱で社会秩序がひっくり返ったあとの世人の人生観を示す小歌が多く含まれる。一言でいえば、刹那の命の輝きに賭けようという、一見虚無的で実際はたくましい現世享楽思想。「くすむ人」はまじめくさった人、また陰気な人。「見られぬ」は見ちゃいられぬ。「うつつ顔」は、これに先立つ「夢」との対比で、正気顔。どうせはかない浮世じゃないか、夢の夢の夢の、面白さに徹したらどうだというのである。

思へど思はぬ振りをして　しやつとしておりやるこそ底は深けれ

閑吟集

室町歌謡。女から見た男の理想像だろう。「隆達小歌《りゅうたつこうた》」にも「思へど思はぬふりみせて　すき間に見る目のいとしさよや君」のような歌謡がある。また同じ『閑吟集』には「しやつとしたこそ人はよけれ」という小歌もある。「しゃっと」して底深い男は、昔も今もイキな男の典型だった。しかし『閑吟集』の編者はなかなかの皮肉屋である。「思へど思はぬ振りをしてなう　思ひ痩《や》せに痩せ候」。掲出歌の次にはこの歌がある。

身は破《やぶ》れ笠《がさ》よなう　着もせで掛けて置かるる

閑吟集

室町歌謡。わが身の不運を嘆く歌だが、言葉に遊びがあるため単なる泣き節には終わっていない。「身は」は、私は。「着もせで」はまた「来もせで」。どうせ私は破れ笠よ、だれも着てくれず(だれも求愛してくれず)、壁に掛けてさらされているばかりなのよ。「着」と「来」の掛けことばの遊びにほのかな笑いをこめて、表面の意味とはまた別の、心理的なゆとりを生む工夫がある。歌謡には、いずれにせよ多くの人が愛誦しうる余裕がなければならなかった。

久我《こが》のどことやらで　落《おと》いたとなう　あら何《なに》ともなの　文《ふみ》の使ひや

閑吟集

電話が普及する前の恋人たちには、思いを伝える手段としては手紙が最も大切なものだった。しかしさらに昔の郵便網もない時代には、しかるべき使いに恋文を持たせて届けるほかなかった。そこでこの歌のような悲喜劇も時には起きた。「久我(京の伏見の地名をさすという)のどことかで、あの大事な文を落としてしまったっていうのかい、ああなんという阿呆な(「あら何ともなの」)使いなんだ」。狂言や歌謡にも、類歌は多い。

やれ　面白や　えん　京には車　やれ　淀には舟　えん　桂《かつら》の里の鵜《う》飼舟《かひぶね》よ

閑吟集

古代から愛用されたオモシロの語源説はいろいろだが、一説に美しい景色を見て目の前がぱっと明るくなる感じをいったという。つまり気分爽快。この都ぼめの小歌の「面白や」の場合はそれにぴったりだろう。ヤレもエンも歌う時のはやしことば。「京」「淀(淀川に面した港町)」「桂(桂川)」の三か所を望見するあたりに立って、それぞれの土地の特色をたたえているのであろう。京の桂川の鵜飼いは有名だった。

恨みは何はに多けれど　または和御料《わごりよ》を悪《あ》しかれと　更《さら》に思はず

閑吟集

室町歌謡。「恨み」は同音の「浦見」に掛かり、その浦から「難波」が呼び出される。さらに難波名物の「葦」が「悪し」を引き出すというわけで、昔の歌の作者は日本語に多い同音異義語を駆使して遊ぶことかくのごとしだった。あんた(和御料)に恨みは何かと多い。だがそれはそれ、ひどい目にあえばいいなんてさらさら思ってはいない。大意はこうだが、右に見たような隠れた表情も付随する。

雨にさへ訪《と》はれし仲の　月にさへなう　月によなう

閑吟集

室町歌謡。雨の夜でさえ訪れてくれた仲だったのに、今では月夜の晩にさえやって来てはくれない、と嘆いているのである。心変わりした男へのうらみ言だが、表現としては「さへ」「なう」「よ」などの助詞でもっているといってもいいほどで、日本語表現におけるいわゆるテニヲハの働きがよくわかる。感動をこめた助詞のおかげで、文章としては完結していないのに、言わんとするところは十分に分かるという性格が生じる。つまり、論理的伝達よりも心情的伝達。

千里《せんり》も遠からず　逢《あ》はねば咫《し》尺《せき》も千里よなう

閑吟集

いきなり「千里も」と始まるのは唐突だが、この前半部で言わんとするのは、「逢はば千里も遠からず」ということ。恋人に逢えずにいる男の嘆きである。逢いさえできるなら千里の道も遠くはない。逢えなければ間近にいても千里の遠さだというのである。「咫」も「尺」もごく短いものを測る時の単位である。『閑吟集』でこの小歌に続く曲は「君を千里《ちさと》に置いて　今日も酒を飲みて　ひとり心をなぐさめん」という小歌。

梅花《ばいくわ》は雨に／柳絮《りうじよ》は風に／世はただ虚《うそ》に、揉《も》まるる

閑吟集

室町歌謡。梅の花も柳のわたも、春の雨風に翻弄されて舞う。世の中も同じく、ウソで揉みくちゃ。ウソを「虚」と書き記してある。直接には「嘘」の意味もあろうが、それだけでなく、根本にはこの世の虚《むな》しさへの諦観があろう。戦乱の世を生きる人々の処世観でもあったと感じられるが、ひるがえって思えば、二十世紀の終幕を生きる現代日本社会も、同じように「虚《うそ》」に揉まれて大忙し。

忍ばば目で締めよ　言葉なかけそ　あだ名の立つに

閑吟集

三日前〔『新折々7』三九頁〕に隆達節《ぶし》小歌を引いたが、今日は室町期歌謡を代表する小歌集から。これも人目を忍ぶ恋の歌だが、じつに色っぽい。「締める」という語は当時の歌謡で愛用された言葉で、露骨に性交をいう言葉である。現代の詩歌ではむしろ避けられる種類の語だが、中世・近世の日本人は性的語彙《ごい》では率直だった。ただしその使い方が何とも気がきいていた。「目で締める」から色っぽさもぐっと深まる。「あだ名」は恋の噂《うわさ》。

柳の陰にお待ちあれ　人問はばなう　楊枝木《やうじぎ》伐るとおしあれ

閑吟集

『閑吟集』は室町時代中期の歌謡集。近世歌謡の源流で、有名な「隆達小歌」の一つの母胎でもあった。貴族、僧侶、武士などの作もあるが、民衆の生活に根ざす歌謡が多い。この歌謡集の特色は、言葉づかいが簡潔で気がきいていることで、室町時代の言語生活の活気をよく反映している。右は人目を忍ぶ恋人同士の逢《あ》い引《び》きの約束。柳の陰で待っておくれ。人に何かたずねられたら、楊枝にする木を切っているのとお言い。

色はにほへど散りぬるを　わが世たれぞ常ならむ
有為《うゐ》の奥山けふ越えて　浅き夢見じ酔《ゑ》ひもせず

作者未詳

「いろはうた」として知られる七五調四句の今様形式の歌。同一文字が重ならないように作られている。弘法大師空海の作と伝えられてきたが、根拠はない。仏典の涅槃経《ねはんぎょう》の四句の偈《げ》、「諸行無常、是生滅法、生滅滅已、寂滅為楽」の意味を和文の歌にしたという。「にほふ」は照り映える意。「有為」は恒常不変ならざる無常の世。「浅き夢」とはすなわちすぐ醒めてしまう迷妄の夢。無常観を詠むが、一文字ずつの歌を考えついた作者は、機智の人だったろう。

秋のはじめになりぬれば　今年の半ばは過ぎにけり
我がよふけゆく月影の　かたぶく見るこそあはれなれ

慈《じ》円《えん》

『拾玉集』所収今様四首のうち一首。関白太政大臣藤原忠通の子で、天台座主を歴任した平安末期の高僧歌人。俊成・西行ら大歌人と親交を結び、自身も傑出した歌人だった。家集『拾玉集』は後人の編だが、中に七五調四句仕立ての今様の歌四首(花・郭公・月・雪の四季を主題とする)があり、右は月すなわち秋季の歌。「我がよ」に「夜」と「世」をかけ、命の秋を迎えた感懐をもしめやかに語る。

草木《さうもく》は雨露《うろ》の恵《めぐ》み、
養ひ得ては花の父母たり。

謡曲《ようきょく》「熊野《ゆや》」

「熊野・松風に米の飯」といわれるほど人気の高い謡曲の一節。東国で病む母をみとるため、仕えている主人の平宗盛にいとま乞いするシテ熊野のセリフで、親の恩の広大無辺さを訴えている。「草木の成長は雨露の恵みのおかげ。また花を養ってくれる雨露は、花にとっては父また母」の意。このあとには、「まして人間においてをや」と続く。人間の情愛を大自然の恵みに重ね合わせて訴える所に、詩句の広がりと力がある。

花の種は地に埋もれて千林《せんりん》の梢に上《のぼ》り、
月の影は天にかかつて万水《ばんすい》の底に沈む。

謡曲「蟬丸《せみまる》」

延喜の帝の第四皇子蟬丸は、盲目ゆえに捨てられて逢坂山に隠れ住み、琵琶に心を慰めている。そこへ、これまた髪が逆立つ病に加えて乱心、宮廷を追われた姉宮逆髪《さかがみ》が現れ、姉弟手に手をとって身の不幸を嘆く。これは落魄流浪している最中の逆髪のセリフ。順調といい逆境といい、世間の道理など所詮まやかしだ、という思想を痛烈に主張している部分だが、独立の詩句として見るなら、印象鮮明な哲理としても読むことができる。

人間五十年／下天《げてん》のうちをくらぶれば／夢まぼろしのごとくなり

幸《こう》若《わか》舞《まい》

戦国武将に好まれた室町時代の舞曲幸若舞の内「敦盛《あつもり》」の一節。織田信長が好んで口ずさんだと『信長公記』にある。彼は今川義元を奇襲した桶狭間の戦いへの出陣に際しても、「敦盛」を舞った。この曲は、平家の貴公子敦盛の首を泣く泣くはねた熊谷直実が、人生無常を痛感して出家する、その思いを歌ったもの。「下天」は、天上界の中の下《げ》の世界。一日が人間界の五十年。「一たび生をうけ、滅せぬもののあるべきか」と続く。戦国武将は無常の念と共に生きた。

こうこうとこそ腹はなりけれ
川舟は浅瀬も近くなりぬれば
よみ人しらず

『菟玖波集《つくば》』巻十九。南北朝時代、連歌が全盛を誇った。長連歌と短連歌があるが、後者は和歌の上句(五七五)、下句(七七)のどちらかで詠みかけられた時、他方の句で応じるもの。『菟玖波集』は関白二条良基が師の救済《ぐさい》の助力のもとに編んだ上代以来の付句《つけく》名作集。四季・恋・旅・雑など『古今集』以来の勅撰和歌集同様の分類だが、今読んで面白いのは巻十九俳諧の部。腹が妙に鳴るなあという前句を、浅瀬をこする舟の腹に転じた滑稽。

山や雪知らぬ鳥鳴く都かな
心《しん》敬《けい》

室町末期の連歌師宗祇《そうぎ》の著『吾妻問答《あずまもんどう》』に、「比類なき風情」の句の一つとして挙げる句。心敬は室町中期の連歌師で、宗祇の師だった。権大僧都《ごんのだいそうず》にまでのぼった歌僧。禅哲学を体得し、冷え寂びた境地に詩歌の真髄を求めた。右は連歌の発句として作られた句。「知らぬ鳥鳴く」のが都である所に懐かしい風情が漂う。理で解すれば、山は雪なのだろうか、知らぬ鳥が都に下りてきて鳴く所をみると、となろうが、あまり理づめに読まぬ方がよい。

雪ながら山本かすむ夕べかな　宗《そう》祇《ぎ》
行く水遠く梅匂《にほ》ふ里　肖《しょう》柏《はく》
川風にひとむら柳《やなぎ》春見えて　宗《そう》長《ちょう》

百句から成る有名な連歌「水無瀬《みなせ》三吟」の発句から第三まで。宗祇は室町中期の代表的連歌師、他の二人は彼の高弟。和歌・連歌にゆかり深い後鳥羽院の水無瀬の御廟に奉納。院の「見渡せば山本かすむ水無瀬川夕べは秋と何思ひけん」を踏む。峰には雪が、だが山のふもとはもう春霞。雪どけ川ははるばる流れ、里には梅の香。さて川風に揺れる柳の緑には、春が見えて。

波のよるこそ浦は寒けれ　周《しゅう》阿《あ》
ことかたに通ふ千鳥の声遠し　家《いえ》尹《ただ》

連歌「文和千句第一百韻」より。連歌は北朝時代の最高位の公卿二条良基の指導で一気に花開いた。良基邸での連歌の集まりを基盤に、画期的な『菟玖波集』も生まれた。これはそういう集まりの所産の一つ。二句とも冬の海。氷を詠んだ前句を受けた周阿は、氷よりもさらに寒げに見えるのは、冬波が寄せる水際だという。家尹はこれに別の方角(ことかた)へ渡る千鳥の遠い声を付け、前句の寒さに加えて細みを添えた。

兎《と》にも角《かく》にも笑止《せうし》なる人ぢや　児手柏《このてがしは》の二面《ふたおもて》

宗安小歌集《そうあんこうたしゅう》

室町後期歌謡。コノテガシワの葉は表も裏も区別がないほど似ているので「二面《ふたおもて》」、つまり二心《ふたごころ》ある人のたとえに使われたのだという。「笑止」は笑い事でない、迷惑な、の意で使っている。つまりこの歌謡は、二心ある信用できない人を嘲っているのである。ただし、これが歌謡として唱われたのは、男または女の恋の駆け引きに関わっての事だろう。だから意味も額面通りには取らない方がいい。さもなくば面白くも何ともない歌。そこが逆に面白い。

雨はさながら便りあり　砂潤《いさごうるほ》うて　沓《くつ》に声なし　沓に声なし

宗安小歌集

室町歌謡。「便り」は「頼り」と同じで、たのみとか手段・方便、ゆかり・縁、具合・配合などの意味があり、そこからおとずれ・音信の意味も出た。従って「便りあり」は都合がいいの意。「さながら」はそっくり、ちょうどといった意味だが、この歌謡の場合は、現代語でいえば、どんぴしゃりというのに近かろう。砂が濡れて足音がしないから雨はいいなと歌っている。もちろん、人目を避けて女を訪れる男の言い草。

君を待つ夜《よ》は海人《あま》の篝火《かがりび》／明《あか》し難《がた》やなう／明し兼ねたよ、今宵を

宗安小歌集

訪れてくるはずの男を待って、待ちかねて、ひとり朝を迎える女の呟きを小歌に仕立てたものだが、「君を待つ夜は」と掛けて「海人の篝火」と解くのはなぜかという謎かけ趣味の歌でもある。それは「明し難や」に「明石潟」が隠されているためで、その心は、明石の浜の漁船のたく「海人の篝火」ではないが、なかなか明るくならない夜に「明し難やなう」と溜息が出るというのだ。室町歌謡は洗練と洒脱を好んだ。

忍ぶ細道茨《いばら》の木／あ痛やなう／思ひし君には逢ひたやの

宗安小歌集

江戸時代を経て明治以後の近代歌謡に至るまで、俗謡は多く室町時代の尾を引いているといえる。日本語そのものが、室町時代を大きな分水嶺として近代につながっている点が多いのではなかろうか。この室町末期の小歌も、恋人にそっと忍び逢う難しさを茨の細道にたとえ、その茨にちくりと刺される「あ痛や」を、そのまま「逢ひたや」に重ねる語呂合わせなど、江戸以降の歌謡の、身近いご先祖様。

思うたを思うたが、思うたかの
思はぬを思うたが、思うたよの

宗安小歌集

近世歌謡には、前回引用作のように(「あ痛や」「逢ひたや」)語呂合わせを楽しむ歌詞もあるが、またこのように言葉の運びそのものの面白さを生かし、一見理屈と駄洒落にすぎないような歌も時にある。一歩まちがえば野暮な屁理屈だが、うまくいけば粋《いき》。「自分を思っている人を思うのが「思う」ということかね。いや、思ってくれてはいない人を思うのが、本当に「思う」ということなのさ」。恋愛哲学。

杜子美《としみ》　山谷《さんこく》　李太白《りたいはく》にも　酒を飲むなと詩《し》の候《さふらふ》か

隆達小歌《りゅうたつこうた》

十六世紀末から十七世紀にかけて流行した隆達節の一つ。杜子美、李太白は唐代の詩人杜甫と李白。山谷は宋代の詩人・名筆家黄山谷(黄庭堅)。室町時代愛読され敬慕された中国の大詩人たち。あのえらい詩人さんたちの詩に、酒を飲むなという詩があったっけかね、ありゃしませんよね、という。酒をたたえる歌にもいろいろあるが、これは乙にすまして大きく出たおかしみがミソである。

せめて詞《ことば》を　うらやかにの　今帰る我《われ》に　何のうらみぞ

隆達小歌

隆達節は堺の僧高三隆達《たかさぶ》が創始した歌謡。関ヶ原役のころ爆発的に流行した。流行歌だから恋歌が多くなるのは当然で、これもその一つ。遊女となじみの客の朝の別れの情景であろうか。この種のきぬぎぬの歌は古来きわめて多いが、これは歌詞に物語風な味があって面白い。別れぎわはただささえつらいもの、せめて言葉だけでも明るくうるわしくしてくれよ、何の恨みがあって、と男はいう。粋人だろう。言葉もいき。もっとも、女心はこれにどう応じたか。

君まちて　待ちかねて　定番鐘《ぢやうばんがね》の　其下《そのした》での
じだ〳〵じだだ　じだ〳〵をふむ

隆達小歌

近世歌謡。隆達節が大流行したのは関ヶ原合戦の時代だった。定番鐘は城内警備用の鐘。その下で男と落ち合う約束をしたのである。場所そのものに時代色がある。「じだだ」は地踏鞴(ヂタタラ)がヂダンダ、さらにヂダダになったものという。いらいらと足踏みし、地団太ふんでいるのに、不実な男はいつまでもやってこない。この歌の面白さは「じだじだ」と繰り返す所にある事ももちろんだが、初二句の、ややせきこんだ繰り返しもいい。

庭の夏草茂らば茂れ　道あればとて訪《と》ふ人もなし

隆達小歌

庭の夏草よ、茂るなら茂るがいい、道があったからとて、訪ねてくる人もいないのだ。男の足が遠のいてしまった女の独り言だろう。近世のこんな歌謡を見ると、おのずと鎌倉初頭のすぐれた女流歌人式子内親王による回想の歌が連想される。「桐の葉も踏み分けがたくなりにけり必ず人を待つとなけれど」。これまた寂しい独り暮らしの女の歌である。ただし式子内親王の歌は秋を主題に詠んだ題詠で、作者の実生活そのものをうたってはいない。

西がくもれば雨になる　北でやみ候《そろ》我が恋は

隆達小歌

一般的にいって詩を外国語に移すことには困難が多い。日本語の詩の場合、たとえば同音異義語を好んで用い、内容に豊かな曲節を生みだしている和歌や歌謡を訳すのは、特に至難のわざだろう。この近世歌謡では「北」の語が同時に「来た」を隠している。「思ひは陸奥(ミチノク・満ち)に、恋は駿河(スルガ・する)に通ふなり」という『梁塵秘抄』の有名な歌詞の例もある。そして元来が恋の歌詞は、思いをあからさまに洩らすのを嫌ったのでもあった。

月は濁りの　水にも宿る
数ならぬ身に　情あれ君

隆達小歌

近世小唄の源流をなす隆達節は、天下分け目の関ヶ原の戦いのころ流行した。『閑吟集』のような先行する室町歌謡と、後代元禄の『松の葉』のような爛熟期歌謡との間をつなぐ位置にある重要な江戸初期歌謡である。きびきびした歌詞には戦乱続きの過渡期なればこその爽やかささえある。男が自分を月を宿す濁り水になぞらえ、その月のような女にむかって、「情あれ君」と訴えているが、それは言葉の綾、隆達節に見る男女関係は開放的だ。

忘るるものを、又《また》降りかかる、帷子雪《かたびらゆき》の消えもせで。

隆達小歌

『隆達小歌集』所収。「帷子」はひとえの着物。したがって「帷子雪」とは薄々と降った雪の形容となる。それを情の薄い男にたとえたもの。室町時代の歌謡の、投げやりなようで粋な小歌ぶりの一例だろう。「私は忘れていたのに、薄情けのかたびら雪のあの男、思い出したように降りかかってきたりして。薄雪のくせに、消えもしないで」。私にまた思い出させて、という気持ちは、言葉の奥に押し隠されている。

夏の夜を寝ぬに明くるといふ人は、物を思はぬか物を思はぬかの。

隆達小歌

『隆達節小歌集成』所収。夏の夜はたちまち明ける。だから夏時間を導入すべしというのは現代だが、古典詩歌にはまた違った感じ方があった。恋し合う者には恨みの短夜《みじかよ》だったから。だが逆に、恋に悩む人は、この歌のようにも感じたろう。「寝るひまもなくもう明けた、夏の夜は短すぎる、などという人は、夏の夜さえ長すぎるほど、あれこれ物思いに悩む人間の辛さはわかるまいな、わかるまい」

恋をさせたや鐘つく人に、人の思ひを知らせばや。

隆達小歌

隆達節の創始者隆達の遠祖は、博多に渡来した中国人。のち堺に移って薬種の交易を営んだ。隆達は末子で、出家し住職となったが、兄の死により六十代半ばで還俗《げんぞく》、家業を継いだ。そんな経歴の人がこんな色っぽい歌を、と驚く必要はない。もともと社寺は歌舞遊芸の一大源泉だったのだから。「鐘つく人」とは、朝だ朝だと時刻《とき》を告げる鐘をつく人。恋人たちは、鐘の音を「ああ無情」と聞いたのだ。

酒は来る　肴《さかな》は何か　萵苣《ちしや》の葉　萵苣の葉を　酢和《すわ》へにあへては　御肴《おさかな》

田植《たうえ》草紙《そうし》

日本の歌謡には農耕起源の歌が多い。田の神を迎えて行う田植神事は、中でも重要な行事だったから、全国に多種多様な田植歌があった。その中でも現存してよく知られている『田植草紙』は、近世中国地方の山地の田植歌を書きとめ、巧みな編集をほどこした本。行事の順を追って歌が並ぶが、その中には右のような一節もあった。「酒来る時の歌」と題された章の最初の部分である。詩歌の素材としての酒や食い物は、この種の歌で特に生きるようである。

咲いた桜になぜ駒繋《こまつな》ぐ　駒が勇めば花が散る

山家《さんか》鳥虫歌《ちょうちゅうか》

確証はないが、江戸初期寛永のころ後水尾院の命で収集されたという言い伝えのある諸国民謡集。これは伊賀の歌。満開の桜と元気のいい春駒と。馬が勇んであばれれば花はさかんに散る。春の命が惜しげもなく消尽される光景だが、桜を乙女、駒を若者と見なせば、また別の春景が見えてくる。春駒とはまた、はやりたつ心を指す言葉でもあった。「駒が勇めば花が散る」の句、愛誦されたため、ほかの歌謡にもしきりに現れる。

恋に焦《こ》がれて鳴く蟬《せみ》よりも　鳴かぬ蛍《ほたる》が身を焦《こ》がす

山家鳥虫歌

『山家鳥虫歌』は江戸中期十八世紀後半に刊行された歌謡集。諸国の盆踊唄を主体に編まれているが、現代人にも耳慣れた歌詞がある。たとえば上巻冒頭の歌は「めでためでたの若松様よ　枝も栄える葉も繁る」である。集の大半は農民の暮らしを背景とする恋の歌だが、人目を忍ぶ恋の辛さを主題とする歌が多い。この歌もその一つ。現代の演歌に至るまで、この主題は日本の歌謡の一大動脈をなしていることがわかる。

わしは小池の鯉鮒《こいふな》なれど　鯰男《なまづをとこ》はいやでそろ

山家鳥虫歌

『山家鳥虫歌』は諸国の盆踊唄を主体に集めた江戸時代歌謡集。恋の歌が多いのは民謡の通例だが、中にはこんな歌もあった。わたしはたかが小池に住む鯉・鮒程度の女ですよ、でもいやなものはいや、ナマズ男は大ッ嫌いと。ぬらりくらりの男をののしった歌だが、さてこの歌、女はじつは相手の男にぞっこんなのかもしれない。いつまでもはっきりしない男にじれた挙句のタンカとも読めるからである。歌の解は難しい。

腹の立つとき裏に川欲しや　水に心をすすぎたや

山家鳥虫歌

摂津民謡。『山家鳥虫歌』は江戸前期に諸国の農村を中心に唱われた民謡を集めた民謡集。職業的な歌い手が特別な場で唱った歌謡とはまた別の、ひなびた味わいのものが多い。短い詞章の中に凝縮された内容は、風土の制約を脱して広く人間性をうたうものにもなる。仮にこの歌の腹立ちの原因が男女のいさかいにあったとしても(民謡は多くそれを唱っているから)、歌詞からは生臭い要素は消し去られている。

昔《むかし》より今に渡りくる黒船《くろふね》　縁《えん》が尽《つ》くれば鱶《ふか》の餌《ゑ》となる　さんたまりや

松《まつ》の葉《は》

『松の葉』は秀松軒なる人物が集成した室町末期から元禄までの三味線歌謡集。右は巻一の組歌「長崎」の一首。哀れ深い異国情緒の歌なので引く。サンタマリヤ(聖母)は航海の守護神としても崇められたようで、キリスト教影響下の九州西部では、特に船乗りの信仰があつかったという。その証拠ともいえる一首だが、また、長崎遊里の女の、足が遠のきかけた恋人を恨み、かつ思う複雑な気持をいう歌とも読める。土地柄から、恋人は黒船の異国人かもしれぬ。

これもさすがにあはれを添ふる小田《をだ》の蛙《かはづ》のくれの声

松の葉

江戸初期流行歌謡の一種に「投節(なげぶし)」があった。『松の葉』第五巻は「古今百首なげぶし」で構成される。三四・四三・三四・五の詞形。口ずさんで軽やかな所にちょっとした投げやりな魅力があり、それで一時期流行したのだろう。この歌、実は『新古今集』藤原忠良の和歌「折にあへばこれもさすがにあはれなり小田の蛙の夕暮の声」を焼き直しただけのもの。歌謡によくある手だが、これはこれで一興。

明日はお立ちか　お名残惜《なごり》しや　風の身ならば吹戻《ふきもど》そ

鄙《ひな》廼《の》一《ひと》曲《ふし》

江戸後期の旅行家で民俗学者だった三河出身の菅江真澄《すがえますみ》が、東北・越後・信濃・三河などの農山村で集録した民謡集。田植歌、鳥追、鹿踊り、祝言唄、神楽唄その他があり、都会で大流行した三味線歌の影響をあまり受けていない素朴な歌謡集である。これは越後の歌。旅に出る男と残る女と。第二次大戦中にこの歌詞の前半を流用した歌が出征者の送別によく歌われた。思い出す人も多いだろう。悲しい曲だった。

箱根八里は歌でも越すが　越すに越されぬおもひ川

鄙廼一曲

近世信濃民謡の臼唄より。「箱根八里は馬でも越すが越すに越されぬ大井川」という形でこれを覚えている人が多いだろう。今ではその形が定着している。しかしこの『鄙廼一曲』の恋歌は、その原形を暗示していると思われる。採録者菅江真澄のおかげである。「おもひ川」は恋の思いが深く流れ続けてやまぬことを川にたとえる。とげ得ぬ恋のこのつらさに較べれば、箱根八里のけわしさなど、まだまだ鼻歌まじりだったと。

けさ夜明《よるあ》けし庭見れば　九十九羽の鶏《にはとり》が　九十九様《やう》に囀《さへづ》る

鄙廼一曲

『鄙廼一曲』は江戸後期の民俗学者で大旅行家の菅江真澄が、長年東日本各地を巡歴しながら採集した農村民謡集。実際に農民が歌っているものを丹念に記録している。これは陸奥国南部の歌で、米踏歌の一首。酒造作業のための歌だろうという。「九十九羽の鶏が九十九様に囀る」というのが稚気満々、しかも実感を保っていて面白い。「九十九」という数はもちろん出まかせだが、民謡ではしばしばこういう決まり文句めいた数字が、生き生きした効果を生む。

さて又昨夕《またよんべ》の浅葱染《あさぎぞめ》　あひが足《た》らぬで濃《こ》く案《あん》じる

鄙廼一曲

「陸奥・宮城・牡鹿あたりの麦つき唄」として『鄙廼一曲』に採録の近世歌謡。「あひ」は「藍」に「逢ひ」を掛ける。「濃く」は心深くで、「浅葱染」の「浅」と対照。浅葱色(薄い藍色)の染物の比喩を用いて恋の苦しみを歌う。「昨夜浅葱に染めた布は、藍が不足だったのがひどく気にかかる」というのが表の意味。「昨夜二人して浅葱に染まったが、逢う瀬があまりに浅かったので、悩みばかりが深い」というのが裏の意味。ひなびた感じが格別である。

天に鳴響《とよ》む大主《おほぬし》　明《あ》けもどろの花の　咲《さ》い渡《わた》り　あれよ　見れよ　清《きよ》らやよ
地天《ぢてん》とよむ大ぬし

おもろさうし

『おもろさうし』全二十二巻は、十二世紀ごろから十七世紀初頭に及ぶ沖縄・奄美諸島の古歌謡集。オモロは村落共同体の繁栄や豊穣を神に祈る神歌である。時代の移りゆきとともに内容にも変化があり、形式も一定ではない。沖縄最古の叙事歌謡で、日本文学史上に重要な位置を占める。この歌は夜明けの太陽讃歌。「もどろ」は光り輝いて輪郭も定かでないさまという。雄大な日の出(大主)を大輪の花とみる壮麗な歌。

ゑけ　上《あ》がる群《ぼ》れ星《ぼし》や
ゑけ　神《かみ》が差《さ》し櫛《くせ》

おもろさうし

天体を讃美する八行のオモロの一節。「ゑ《え》け」は「あれ！」という感動詞。全文は次の通り。「ゑけ　上がる三日月や　ゑけ　神ぎや金真《かなま》弓《ゆみ》　ゑけ　上がる赤星や　ゑけ　神ぎや金細《かなまき》矢　ゑけ　上がる群れ星や　ゑけ　神が差し櫛　ゑけ　上がる貫《の》ち雲は　ゑけ　神が愛《まな》きき帯」。三日月・明星・群星・横雲を、神の弓・矢・櫛・帯に見立ててたたえる、海洋民の晴れやかな天体讃歌。

思ひ《ウムイ》有明の《アリアキヌ》　夜半の《ユワヌ》つれなさや《ツィリナサヤ》　なれぬ《ナリヌ》よそ島に《ユスジマニ》　をてど《ヲゥティドゥ》知ゆる《シユル》

仲間《なかま》節《ぶし》・よみ人しらず

標音評釈『琉歌全集』(昭四三)所収。琉歌は琉球の短歌。オモロが叙事的であるのに対し、琉歌は叙情歌で、恋歌が断然多い。作者も多様である。定型は八八八六の三十音で三味線に合わせて歌われた。三味線とともに大和に流入し、七七七五調の近世歌謡の成立に大きな影響を与えた。「よそ島」は他の村、異郷。夜通し恋しい人をしのんで、とうとう明け方の空に残る有明月まで見るわびしさは、なれぬ他郷に居て、はじめて知る思いです、と。

恩納岳《ウンナダキ》あがた《アガタ》　里が生まれ島《サトゥガウマリジマ》　もりもおしのけて《ムインウシヌキティ》　こがたなさな《クガタナサナ》

恩納節《おんなぶし》・恩納《おんな》なべ

『琉歌全集』所収。十八世紀前半、沖縄本島恩納村で生まれた女性歌人。感情の強さと振幅の大きさで知られ、琉歌屈指の作者とされる。「あがた」はあちら側、「こがた」の対。「里」は女が恋人や夫をいう語。「島」は村。「もり」は森ではなく、土地が盛り上がっている所、丘や山。恩納岳のあちら側は恋人の生まれた村よ、山も押しのけ、こちらへ抱き寄せたい。万葉歌人を思わせる素朴な情感の強さがある。

恨む比謝橋や《ウラムフィジャバシヤ》　わぬ渡さともて《ワンワタサトゥムティ》　情ないぬ人の《ナサキネンフィトゥヌ》　かけておきやら《カキティウチャラ》

よしや思鶴《うみつる》

『琉歌全集』所収。二世紀ほど昔の人とされ、恩納なべと並称される琉歌作者。遊女だった。十九歳で没したというが、作を見ると、十九ほどで世を去った人とは思えない熟したものがある。和歌をもよく摂取したその歌は哀愁をたたえる。恨めしい比謝橋は、私を渡そうと思って無情な人がかけておいたのでしょうか、と。作者八歳の時、那覇の遊郭に売られてゆく途中、故郷読谷《よみたん》村の出はずれにある風光美しい比謝橋のほとりで詠んだという伝えのある歌。

語り《カタイ》たや《タヤ》　語り《カタイ》たや《タヤ》　月の《ツィチヌ》山の《ヤマヌ》端に《フワニ》　かかる《カカル》までも《マディン》

よみ人しらず

『琉歌全集』所収。仲風《なかふう》とよばれる形式の琉歌。これは五五八六音の構成だが、七五八六、五七八六などの形もある。上句が和歌風、下句が琉歌風で、和琉折衷の形式である。十八世紀はじめに琉歌に現れた新風で、当時琉球の文人たちが大和の文学芸能を意欲的に摂取しようとしたことと関係があるという。月が西山の稜線にかくれてゆくまでも、夜通しあなたと語りたい、胸にあふれる思いを。

汽《き》笛《てき》一声《いっせい》新橋を／はや我《わが》汽車は離れたり／愛宕《あたご》の山に入《い》りのこる／月を旅路の友として

大和田《おおわだ》建樹《たてき》

『地理教育　鉄道唱歌』(明三三)所収。安政四年宇和島藩士の家に生まれ、明治四十三年没した国文学者・詩人。唱歌集の編や作詞で名声を博した。この有名な歌詞は『鉄道唱歌』(全五冊)「東海道」編(新橋に始まり神戸に至る六十六番)の冒頭一番である。明治初年代の詩歌史を考える上で、キリスト教讃美歌集や小学校・中学校の唱歌集を忘れることはできない。詞章のすぐれた唱歌や軍歌は、特に明治中葉時代、地歴教育・情操教育に大きな役目をはたした。

春高楼の花の宴
めぐる盃《さかづき》影さして

土《ど》井《い》晩《ばん》翠《すい》

『中学唱歌』(明三四)所収「荒城の月」冒頭。姓はツチイ。のち通称に従ってみずからドイと呼ぶようになった。新体詩草創期に藤村と共に最も愛誦された詩人。「荒城の月」は東京音楽学校の求めで作詞した。作曲者滝廉太郎はその後まもなく病没したが、この曲によってその名は不朽である。晩翠の故郷仙台の青葉城址にはこの詩を刻した詩碑があって、城の高殿に花の宴を催した往時をしのばせる。

思《おも》て通えば五尺の雪も
えらい霜じゃと　言《ゆ》て通う

和《わ》歌《か》山《やま》民《みん》謡《よう》

北原白秋編『日本伝承童謡集成』子守唄篇(昭四九改訂新版)所収。ほれた相手に通う時は、五尺積もった大雪でも、こりゃすごい霜だと言って通うというので、恋の歌は由来大げさ。そこに面白みもある。上記『集成』は白秋が臨終の寸前まで努力して集めた全国童謡集成で、没後門下の藪田義雄らが全五巻にまとめた。右の唄は子守唄篇にあるが、元来は江戸時代から紀州以外の土地でも歌われた唄の一つだろう。

詩——孤心へ向かって

金烏《きんう》西舎《せいしや》に臨《て》らひ　鼓声短命《こせいたんめい》を催《うなが》す
泉路《せんろ》賓主《ひんしゆ》無《な》し　此《こ》の夕《ゆふべ》家を離《さか》りて向《む》かふ

大津皇子《おおつのみこ》

現存最古の日本漢詩集『懐風藻』所収。天武帝皇子で文武にひいで、詩も和歌も抜群の天分を示したという。天武帝崩御後の皇位継承の有力候補だったが、反逆罪の汚名のもとに謀殺された。二十四歳の臨終の詩。「金烏」は太陽。「泉路」は死出の旅路。日は傾いて西の家を照らし、夕べの時を告げる鼓は私の短い命をさらにせきたてるように響く。よみ路には客も主人もない。私はただ独り、家を去って遠い旅に立つのだ。

春花《しゆんくわ》百種　何をか艶《えん》と為《な》す
灼灼《しやくしやく》たる桃花《たうくわ》　最も憐《あはれ》む可《べ》し

平城天皇《へいぜいてんのう》

『凌雲集』所収。平安朝を開いた桓武天皇の第一皇子。弟の嵯峨天皇に譲位後出家した。嵯峨帝時代、宮廷文化は唐風一色に染まり、勅撰漢詩集も相次いで編まれる。『凌雲集』もその一つ。「灼灼」は色が燃えるように明るい様。平安中期以降は春の花といえばまず桜をさすようになったが、奈良朝から平安朝初期にかけては、美の基準も中国風だった。花も、色も華麗なら実も大きい桃李梅杏がむしろ讃美された。美意識も世につれて移る一例だろう。

居《きょ》を移して今夜《こんや》薜蘿《へいら》に眠る　夢裡《むり》山鶏暁天《さんけいげうてん》を報ず　覚《おぼ》えず
雲来《くもきた》りて衣《ころも》暗《ひそか》に湿《うるほ》ふを即ち知る　家は深渓のほとりに近きを

嵯《さ》峨《が》天《てん》皇《のう》

平安勅撰漢詩文集『経国集』巻十三所収の七言絶句「山夜」全文。嵯峨天皇は平安初期第一流の漢詩人で、書も空海、橘逸勢《たちばなのはやなり》と共に三筆と称された。「薜蘿」はかずら、転じて蔓草のはう隠者の家をいうようになった。「山鶏」は山どり、キジの類。山の家に泊った早暁、夜明けを告げる鳥を夢うつつに聞く。室内には知らぬ間に雲が流れ入って着物をぬらす。山深い渓間に近く身を置いていることを、早暁目ざめてあらためて知るさわやかさ。

廻《めぐ》る杖は空を飛びて初月《みかづき》かと疑ふ
奔《はし》る毬《まり》は地を転《まろ》びて流星に似る

嵯峨天皇

『経国集』巻十一。「早春打毬《だきゅう》を観る」と題する七言律詩より。平安前期日本と国交の盛んだった北の国渤海《ぼっかい》の使節が、芳春の宮中の庭で、音楽に合わせ現在のポロに似た騎乗球技を披露してみせたらしい。それを詠んだ珍しい詩。球を打つ杖が三日月のようだとあるのは、形が湾曲しているのを三日月に見立てたのである。嵯峨帝は大陸文明の摂取に積極的で、弘法大師空海とも親交があった。書に秀いで、空海、橘逸勢と共に三筆の一人とされる。

何《いづ》れの郷里ぞ　何《いづれ》の姓名ぞ
潭裏閑《たんりしづか》に歌ひて太平を送る

有智子内親王《うちこないしんのう》

『経国集』巻十四。平安初期の代表的漢詩人・書家だった嵯峨天皇の皇女。内親王自身も、十七歳当時作った「春日山荘《しゅんじつ》」という漢詩で天皇を驚嘆させ、その作の詩句は後世も「尋常の墨客の及ぶ所に非ず」と賞讃された。初代の賀茂の斎院でもあり、王朝随一の閨秀詩人とうたわれたが、現存する漢詩作品は十首。右は洋々たる春水に釣り糸を垂れる漁翁を詠んだ七言絶句より。「潭」は深い淵。そして主題は脱俗の仙客への憧れ。

哀《かな》しきかな　放逐《はうちく》せらるる者《ひと》
蹉跎《さた》として精霊《せいれい》を喪《うしな》へり

菅原道真《すがわらのみちざね》

右大臣道真が政敵藤原時平の讒言《ざんげん》で大宰府に左遷され、二年後配所で没するまでの間に作った詩集『菅家後集《かんけこうしゅう》』の一節。道真失脚は平安前期における藤原氏の権力制覇を象徴的に示す事件だった。彼が配所にあった折しも昌泰から延喜に改元されたが、道真に大赦は及ばない。「蹉跎」はよろよろつまずくこと。「精霊」は魂。宇宙万物の根元をなす霊気の意もある。無実を叫んでもだれ一人耳傾ける者とてない敗残者の悲痛な嘆きが、二行にこもっている。

潮平《うしほたひら》に月落ちて　何《いづ》れの処《ところ》にか帰らむ
満眼《まんがん》の魚蝦《ぎょか》　満地《まんち》の蒿《よもぎ》

菅原道真

『菅家文草』巻五。屏風《びょうぶ》絵に添えた七言絶句「漁父詞」転結。起承で舟に坐し、濁酒に陶酔しながら、心を白雲の高みに遊ばせているというのを受けて、月が西に傾いてかかる時、静かな波に漂う舟の中には魚やエビの山、岸には見渡す限りヨモギの野とうたう。この悠々と天地の間に遊ぶ漁師はまた隠者でもあるだろう。屏風絵に漢詩、和歌をあしらう装飾芸術は、日本の九世紀後半、十世紀に盛行した。現代ならさしずめ詩画展を家の中で開くたぐいか。

月の輝《かがや》くは晴れたる雪の如し
梅花は照れる星に似たり

菅原道真

道真詩集『菅家文草』巻頭の「月夜梅花を見る」の起承部。同集は制作年代順の構成でこの詩は十一歳当時の処女作。続く転結部では、心動かされることだ、金鏡(月)がくるめく庭に、梅の玉なす房がふくいくと香っている、と詠む。少年道真の詩作の師は、父の是善やその門人島田忠臣だったと思われる。今の年齢だと十歳だろう。ういういしいが印象鮮明、後年の大才ぶりが早くも示されている。

城《あづち》に盈《み》ち郭《くるわ》に溢《あふ》れて　幾《いく》ばくの梅花ぞ
猶《なほ》しこれ風光の　早歳《さうさい》の華《はな》

菅原道真

大宰府での詩『菅家後集』巻尾の絶作「謫《たく》居の春雪」起承。道真は延喜三年春配所で窮死した。その直前の作。彼が梅を愛したのは有名だが、前回掲出の処女作も絶作も、ともに梅に関わるのは不思議といえばいえる。ただしこちらは幻の梅である。春雪が府の内外に溢れ、木の枝は数えきれぬ梅花のようだ。これもまた、風光が生みだしたもう一つの早春の花なのだ、というのである。雪景色に幻の梅を見る流人、その胸にうずいている望郷の念。

牀《とこ》寒く枕冷《ひやや》かにして　明《よあけ》に到ること遅し
更《あらた》めて起きて　灯前《とうぜん》に独《ひと》り詩を詠《よ》む

菅原道真

『菅家文草』巻四「冬夜九詠」中の「独吟」より。天神様といえばだれでも知っている平安前期の悲運の学者・政治家。平安朝漢詩人中の大才で、長短五百余首の詩を『菅家文草』、同『後集』に残した。寒気きびしい冬の夜はなかなか明けない。一旦床についたものの、眠れないまま再び起き出して灯火に向かい、深沈として詩句を練る。続く句は、「詩興変じ来たりて感興をなす／身に関わる万事　自然に悲し」。詩句の運びに実感がこもる。

浮生《ふせい》を以《もつ》て後会《こうくわいご》を期せむとすれば
還《かへ》つて石火《せきくわ》の風に向《むか》ひて敲《う》つことを悲しぶ

菅原道真

『和漢朗詠集』巻下、餞別。菅原道真全集ともいうべき『菅家文草』の巻五に、かつて親交を結んだ渤海国の裴《はい》大使の再度の来朝を歓迎し、また惜別する詩が七首並んでいる。いずれも客人裴大使との応酬の詩で、呼吸の合い方はみごとなものである。その一首からとられた詩句がこれ。このはかない人生に再会を願っても、われらの明日の命はあたかも火打ち石を風にむけて打つようなもの、何とも別れが辛い事です。

翅《つばさ》を低《た》るる沙鷗《さおう》は潮《うしほ》の落つる暁《あかつき》
糸を乱《みだ》る野馬《やば》は草の深き春

菅原道真

『和漢朗詠集』巻上春。道真は壮年期数年間、讃岐(香川県)の国司だった。この詩句は「晩春松山館に遊ぶ」という詩の一節が朗詠集に採られたもの。松山館は官舎別館で、今の香川県坂出市にあった景勝の地という。「沙鷗」は砂洲に遊ぶかもめ。「野馬」はかげろう。漢詩によくある表現法で、語順を逆転した方がわかり易い。潮の引いた暁の砂上のかもめ、草深い春の野にゆらめくかげろう。

氷水面《こほりすいめん》に封《ほう》じて聞くに浪なし
雪林頭《ゆきりんとう》に点《てん》じて見るに花あり

菅原道真

『菅家文草』所収。「臘月(十二月)独興」と題する七言律詩より。氷は水面を閉ざして浪の音もない。雪は林の梢に降りかかって、見れば美しい花だ、と。旧暦の臘月は冬の最後の月。この詩は別の個所で、歳月の容赦ない歩みを嘆きながら、同時に春の訪れを待つ喜びを歌う。右の二行は『和漢朗詠集』にも採られ、その美しさを愛されたが、この詩を作った時、のちの天神様は御年なんと十四歳。

夜の雨偸《ひそ》かに湿《うるほ》して　曾波《そうは》の眼《まなこ》新《あら》たに嬌《こ》びたり
暁の風緩《ゆる》く吹いて　不言《ふげん》の口先《ま》づ咲《ゑ》めり

紀《きの》　長谷雄《はせお》

『和漢朗詠集』巻上春。平安前期の漢学者。菅原道真に学び、親交があった。道真の遺稿が世に出るに当っても、長谷雄の尽力があったと考えられる。春の夜の雨にうるおって開く桃の花を詠む。「曾波」は波が層をなして重なり合うさま。「曾波の眼」は、ここでは、桃の花びらの重なりの上に、美しい女性の波だつようなまなざしを重ね合わせた形である。ゆるやかな朝風に吹かれて、物言わぬ桃の花びらがほほえみ、花開く。あたかも女人が黙ってほほえむように。

一鳥声《いつてうこゑ》有り　人心《ひとこころ》有り
声心雲水《せいしんうんすい》倶《とも》に了了《れうれう》

空《くう》　海《かい》

真言宗開祖空海（弘法大師）の詩文集『性霊集』巻十の七言絶句「後夜《ごや》に仏法僧の鳥を聞く」の転結。未明の勤行中ブッポウソウと鳴く鳥を聞いたのだ。起承は「閑林に独り座す草堂の暁三宝の声一鳥に聞こゆ」。仏《ブッ》・法《ボウ》・僧《ソウ》のいわゆる三宝をたたえる声として尊ばれた鳥声だが、そう鳴くのはコノハズク。独座する山中の夜明け、仏法僧の声に心は澄みわたる。鳥声と人心、雲と水（大自然）は一体となり、一点の曇りなく（了了）心眼に映ると喝破した。

言《ことば》の下《もと》に暗《そら》に骨を消《け》つ火を生《な》す
咲《ゑ》みの中《うち》に偸《ひそ》かに人を刺す刀を鋭《と》ぐ

良《りょう》　春《しゅん》　道《どう》

『和漢朗詠集』巻下述懐。この詩句、中国に原拠があるようだが、なかなか厳しい人間観を詠む。優しい言葉の裏面で暗に相手の骨を消し去り焼き尽くすほどの火を燃やす。にこやかな笑みの中に、ひそかに人を刺し殺すほどの鋭利な刀をとぐ、というのである。いずれも人間というものの信じ難さ、危険さを詠む。作者は生没年未詳の平安初期詩人惟良春道《これながのはるみち》。朗詠集には四首採られている。

雲碧落《くもへきらく》に消えて天の膚解《はだへと》く
風清漪《かぜせいい》を動かして水の面皺《おもてしわ》めり

都《みやこの》 良香《よしか》

『和漢朗詠集』巻下「晴」。平安前期の漢詩人・漢学者。当代を代表する学者・名文家として、多くの詔勅や勅符を起草した。「碧落」は青空、「清漪」はさざ波。梅雨の晴れ間を詠んでいる。上句は雲を空の皮膚と見立て、下句は水を顔面と見立てた。雲が青空に消えれば空の皮膚が解ける。風がさざ波をおこせば水の顔に皺がよる。意味は実に単純だが、曲に乗せて歌えば、きっと爽快だったろう。

四時《しいじ》零落して三分《さんぶん》減じぬ
万物蹉跎《さた》として過半凋《しぼ》めり

醍醐《だいご》天皇《てんのう》

『和漢朗詠集』「冬」所収。宇多天皇第一皇子、第六十代天皇。「延喜の治」と称えられたように政務に励み、紀貫之らに最初の勅撰和歌集『古今集』の撰集《せんしゅう》を下命、自身も和歌、漢詩、箏《こと》、琵琶などに秀でていた。『白氏文集《はくしもんじゅう》』(唐の白居易の詩文集)を愛読し、詩作も若干残る。「初冬即事」と題する詩の一節。「四季は空《むな》しく過ぎ、春夏秋冬の四分の三は減じて今は冬が残るのみ。万物が萎縮《いしゅく》して大半は凋落《ちょうらく》している」と詠む。

緑草《りよくさう》は如今《いま》麋鹿《びろく》の苑《その》
紅花《こうくわ》は定《さだ》めて昔《むかし》の管絃《くわんぐゑん》の家《いへ》

菅三品《かんさんぼん》(菅原文時《すがわらのふみとき》)

『和漢朗詠集』巻下「古京」。平安中期の学者・詩人。菅原道真の孫。邦人の漢詩人中、平安人士に最も愛誦されたのがこの人の作である。「麋鹿」は大鹿と鹿と。古京奈良の新緑の野は、群れつどう大宮人の姿もなく、今や鹿がわが物顔に遊ぶばかり。あの紅の花の咲くあたりには、さだめし奈良の都の昔、人々がつどい、管絃を奏して楽しんだ家があったのだろうに。古都の春の懐旧の歌。緑草と紅花、今と昔、鹿の苑と管絃の家。対句《ついく》の妙を尽くす。

岸竹條低《がんちくえだた》れり　鳥《とり》の宿《い》ぬるなるべし
潭荷葉動《たんかはうご》く　これ魚《うを》の遊《あそ》ぶならむ

紀《き》　在昌《ざいしょう》

『和漢朗詠集』巻上「蓮」。平安中期の学者。祖父は菅原道真とも親交のあった学者詩人紀長谷雄《きのはせお》で、紀貫之も同族の先輩。右は池のほとりの日暮れ時を詠じた漢詩の一節が朗詠集にとられたもの。「潭」は淵また岸の意。「荷」はハス。岸辺の竹の枝がしなっているのは葉かげに鳥のねぐらがあるからだろう。蓮の葉が動くのは魚が遊んでいるのだろう。かくべつ特異な発見はない。しかし安らぎを与えてくれる叙景詩である。

前途《せんど》程《ほど》遠《とほ》し　思《おも》ひを雁山《がんさん》の暮《ゆふべ》の雲《くも》に馳《は》す
後会期《こうくわいご》遙《はる》かなり　纓《えい》を鴻臚《かうろ》の暁《あかつき》の涙《なむだ》に霑《うるほ》す

後《のちの》江《ごう》相《しょう》公《こう》

『和漢朗詠集』巻下餞別。作者は平安中期の学者大江朝綱《おおえのあさつな》。史学者で書にも秀でた。渤海国の大使を七条朱雀大路にあった当時の国際ホテル、有名な鴻臚館で送別した時の、旅のはなむけの詩序の一節。相手大使はかねて親交を結んだ人だった。「雁山」は中国山西省の山。「纓」は冠のひも。あなたの帰路は遠い。再会の機会があっても遥か後のことだろう。旅舎の夜明けに惜別の涙は尽きず、冠のひもさえ濡れると。この切々たる詩に相手も泣いたという。

春を留《とど》むるに　関城《くわんせい》の固《かた》めを用《もち》ゐず
花は落ちて風に随《したが》ひ　鳥は雲に入《い》る

尊《そん》敬《ぎょう》

『和漢朗詠集』春「三月尽」。平安中期の文人。本名橘在列《ありつら》。官人だったが出家して叡山に入った。これは惜春の詩である。春を押しとどめようとしても、関所も城門も無益だ。花は散って風とともに去り、鳥は遠く雲に入って姿を見せぬと。俳句歳時記には春の季語として「鳥雲に入る」がある。印象の強い季語だが、北へ帰る渡り鳥が雲にまぎれて見えなくなることをいう。じつは平安朝にすでにこの「花落随風鳥入雲」のような詩句があったのである。

東岸《とうがん》西岸《せいがん》の柳　遅速《ちそく》同じからず
南枝《なんし》北枝《ほくし》の梅　開落《かいらく》已《すで》に異《こと》なり

保《ほう》　胤《いん》

『和漢朗詠集』巻上「早春」。作者は慶滋保胤《よししげのやすたね》。平安中期の著名な文人。同じ春とはいえ、地形場所によって季節の到着に遅速がある。開く花あれば散る花あり。造化の妙はそんな違いにも現れて感興の源泉となる。もとは白居易の詩句「北の簷《のき》　梅晩《ゆふべ》に白く　東の岸　柳先づ青みたり」や「大庾《たいゆう》嶺上の梅　南枝落ち北枝開く」を踏まえた作だが、謡曲「東岸居士」その他に多く引かれ愛誦された。蕪村の「二《ふた》もとの梅に遅速を愛すかな」も実はこれを踏んだ句。

燭《ともしび》を背《そむ》けては共《とも》に憐《あは》れむ深夜《しんや》の月
花を踏《ふ》んでは同じく惜しむ少年の春

白《はく》　居《きょ》　易《い》

『和漢朗詠集』巻上「春夜」。白居易（白楽天）は唐の詩人だが、平安朝日本での崇拝ぶりは他に比類なく、朗詠集採録の詩句の数も断然他を圧していた。当時、李白も杜甫もあったものではなかった。ともしびを壁に向けて暗くしては友と二人深夜のさえわたる月光を愛で、落花を踏んでは過ぎゆく若い歳月をともに惜しむ、と歌う。この詩句のういういしい感傷に心うたれる人は、昔に変わらず今も多いだろう。

林間《りんかん》に酒を煖《あたた》めて紅葉《こうえふ》を焼《た》く
石上《せきしやう》に詩を題して緑苔《りよくたい》を掃《はら》ふ　　白居易

『和漢朗詠集』巻上「秋興」。白楽天は唐の詩人だが、朗詠集に名句をさぐると、自然に白詩を拾う形になってしまう。日本人の生活感覚に溶けこんだ句が多いのである。林間で紅葉を集めて燃やし、酒を暖める。石上の緑のこけを掃いおとして、詩を書きつける。山寺に秋を楽しむこの詩句は、謡曲「紅葉狩」その他に引かれて広く知られるが、たしかに秋の興趣の端的な表現がここにはある。「林間に紅葉を焼いて」とあるべき叙述を逆にして意を強めた。

一盞《いつさん》の寒燈《かんとう》は雲外《うんぐわい》の夜《よ》
数杯《すはい》の温酎《うんちう》は雪の中《うち》の春　　白居易

『和漢朗詠集』巻上「冬夜」。雲上に突き出ているかとさえ思われる深山。一皿の粗末な灯火がともり、雪の夜はしんしんと冷える。だが、地酒を温めて数盃傾ければ、はや雪中に春がきたようではないか。「一盞」に「数杯」、「寒燈」に「温酎」、「雲外の夜」に「雪の中の春」が呼応しつつ、賞すべき酒祝《ほ》ぎの詩句をかなでる。朗詠集の読み(付訓)は古写本の訓を今でも踏襲している。現在の発音と違うところがあるのはそのためである。

琴詩酒《きんししゅ》の友《とも》皆《みな》我《われ》を抛《なげう》つ
雪月花《せつげつくわ》の時《とき》に最《もっと》も君を憶《おも》ふ

白居易

『和漢朗詠集』巻下「交友」。白楽天が旧友殷協律に寄せた詩の一節。昔江南で楽しく交遊した友が四散し、その後は音信も絶えてしまった悲哀を歌う。琴や詩や酒の友はみな私を見捨てて去った。歳月は流れてやまぬが、雪の時、名月の時、花の盛りの時ごとに、とりわけ君のことを思い出すよ。日本的伝統なるものを語る時たえず引き合いに出される「雪月花」の語、実はこの朗詠の影響で日本語に根づいたものである。

三五夜中《さんごやちう》の新月の色
二千里《じせんり》の外《ほか》の故人《こじん》の心

白居易

『和漢朗詠集』巻上「十五夜」。白楽天が長安の都で宮中宿直の折り、詩友元稹《げんじん》を思って作った詩の一節。「三五夜」は十五夜。「新月」は地平に昇る月。「故人」は旧友。元稹は当時二千里のかなたの江陵という所にいた。仲秋の名月を共にめでるべき友のいないさびしさを嘆いた詩句だが、平易な詩句が伝えてくる心は深い。『源氏物語』で須磨のわび住居の光源氏が都恋しく口ずさむのも、この朗詠集の句。

池の色溶々《ようよう》として　藍《あゐ》水を染《そ》む
花の光焔々《えんえん》として　火《ひ》春を焼く　　白居易

『和漢朗詠集』巻上、花。「溶」は普通トケルの意だが音符「容」は「湧(ヨウ)」に通じ、本来湧きあがる意。溶々は水がみなぎる様、転じて水や心の広やかな様をいう。「花」の語は、平安朝以後ならそれ一語で桜をさすことが多いが、これは中国の詩句だから、花も桃や李など華麗な紅や鮮烈な白の花だろう。短句、春の庭の池水や花を詠じて壮観である。それは花の光が火と燃えて「春を焼く」といった誇張表現が、それ自体でぴたりと決まっているからだ。

風枯木《こぼく》を吹けば晴《はれ》の天の雨
月平沙《へいさ》を照《てら》せば夏の夜の霜　　白居易

『和漢朗詠集』巻上、夏夜。風が枯木の枝を吹き鳴らすと、空は晴れているのに雨が降るようだ。月が平らな砂地を照らすと、夏の夜なのに霜が降りたようだ。鮮明な影像が語っているのは、ある種の錯覚の美と面白さである。平安朝以来大いに愛誦され、影響も与えた当時の名句である。和歌でも『古今集』のたとえば「さくら花散りぬる風のなごりには水なき空に波ぞ立ちける」(紀貫之)のように、これと同じような効果をねらって成功した歌も少なくない。

壁に背《そむ》ける灯《ともしび》は宿《よべ》を経たる焔を残せり
箱を開《ひら》ける衣は年を隔てたる香を帯びたり

白居易

『和漢朗詠集』巻上更衣。初夏の夜明けを詠じた白楽天の詩の一節。光をこちらに向け(つまり、灯からすれば壁に背を向けて)一晩中ともっていた灯火に、まだわずかに焔が残っている。衣がえのため箱のふたを開ければ、とりだした夏服は去年たきしめた薫香をまだほのかに帯びている。一方は昨日から今日へ、他方は去年から今年へ、二種類の時の経過を語る。その時の流れの中でなお残るものへの懐かしみをも。

遺愛寺《ゐあいじ》の鐘は枕《まくら》を攲《そばだ》てて聴《き》く
香鑪峰《かうろほう》の雪は簾《すだれ》を撥《かか》げて看る

白居易

『和漢朗詠集』巻下山家。作者白楽天が江西省の廬山にある香炉峰の下に新たに草堂を建て、閑居生活を始めた時に壁に題した詩の一節。平安朝人士に愛されたことは、『枕草子』二九九段、清少納言がこの詩についての教養を機智に転じて大いに面目をほどこした有名な逸話でも知られる所で、朗詠集の中でも特に愛唱された詩句。二句あわせて、草堂ののどかで気ままな閑居の日常を詠じた。

切々《せつせつ》たり暗窓《あんさう》の下《もと》　喓々《えうえう》たり深草《しんさう》の中《うち》
秋の天の思婦《しふ》の心　雨の夜《よ》の愁人《しうじん》の耳
白居易

『和漢朗詠集』巻上虫。「秋虫」と題する五言絶句。暗い窓の下、深い草むらの中で切々としきりに虫が鳴く。秋天の彼方にある（恐らくは征旅の軍中の）夫を思う妻の心、雨の夜の物思いに沈む人の耳に、虫の音はいかに身にしみて響くことだろうか。欧米人の耳には虫の声は単なる雑音にきこえるとの説が評判になったが、中国人は日本人と同様、これを心の消息と重ね合わせに聞いたようだ。

雪は鵞毛《がばう》に似て飛んで散乱す
人は鶴氅《かくじやう》を被《き》て立つて徘徊《はいくわい》す
白居易

『和漢朗詠集』巻上冬。「鵞毛」は鵞鳥の毛。「鶴氅」は鶴の毛衣。雪の降るさまは鵞鳥の毛に似て乱れ散り、人は鶴の衣を着たように真っ白な姿で雪中を歩き回る、と。動きのある表現が愛され、謡曲「鉢木《はちのき》」でシテの佐野常世が大雪の中に登場する所に引かれたこともあって有名である。「ああ降つたる雪かな、いかに世にある（時めいている）人の面白う候うらん、それ雪は鵞毛に似て」云々というところ。

清唳《せいれい》数声《すせい》　松《まつ》の下《もと》の鶴《つる》
寒光《かんくわう》一点《いつてん》　竹《たけ》の間《あひだ》の燈《ともしび》

白　居　易

『和漢朗詠集』巻下「鶴」。「在家出家」という白居易(楽天)の七言律詩から二行を抜いて『和漢朗詠集』に採ったもの。原作の題意は在俗の身で出家の生活をすること。自邸内の持仏堂できびしい修行の暮らしをする白楽天自身の生活を描いている。中でこの二行の対句は、周辺の光景を詠む。「清唳」は鶴の清らかな声。松下では鶴が二声三声さやかに鳴き、竹の間には細々と灯火が一点。今ではまったく失われた、隠士孤高の生活を描いている。

随分《なふさなふさ》の管絃《くわんぐゑん》は還《かへ》つて自《おのづか》ら足《た》んぬ
等閑《なほざり》がてらの篇詠《へんえい》は人に知られたり

白　居　易

『和漢朗詠集』所収。朗詠集に採られた白居易の詩句の中には、唐代の俗語がときどき使われ、右の詩句では「随分(気ままな)」「等閑(あたりまえの)」などもそれだという。「気ままに演奏する管弦は(きちんとした演奏より)かえってわが意にかなう。あたりまえな感じで詠んだ詩作の方が、(苦心惨憺《さんたん》の作より)かえって有名になる」。皮肉な観察だが、さすがに鋭い。朗詠集の訓読の仕方は、朗詠集独特のよみ方。

人生　意気に感ず
功名《こうめい》　誰《たれ》か復《ま》た論ぜんや
魏《ぎ》　徴《ちょう》

『唐詩選』所収。「述懐」。別に「出関」の題もある。唐の都長安の東の関所函谷関を出る意で、作者は初唐の乱世の時期、君命を帯びて叛徒宣撫《せんぶ》のため勇躍して関を出る時、この五言二十行に及ぶ詩を作ったといわれる。普通、述懐の詩は寓意の技法によるのが通例とされ、武人が率直に至誠の激情を吐露したこの詩はむしろ異例。右の二行は詩のしめくくりをなすが、古来有名で解釈も不要だろう。

壺中《こちゅう》の天地は乾坤《けんこん》の外《ほか》
夢の裏《うち》の身名《しんめい》は旦暮《たんぼ》の間《あひだ》
元《げん》　稹《じん》

『和漢朗詠集』巻下、仙家。作者は中唐の詩人で白楽天の親友。神仙譚風の説話を踏まえて、俗塵を離れた永遠的な境地へのあこがれを詠んだ詩「幽棲」の一節。仙人壺公《ここう》の壺にとびこめば、そこはたちまち天地(乾坤)を超越した別世界だ。邯鄲《かんたん》の地で呂翁の青磁の枕を借りて眠れば、夢中の一瞬に一生の浮沈を味わってしまう。まことに人間の命も名声栄華も、朝と夕の間ほどのはかない物であることよ。

年々歳々《ねんねんせいせい》花あひ似《に》たり
歳々年々《せいせいねんねん》人同じからず

宋《そう》 之《し》 問《もん》

『和漢朗詠集』巻下、無常。漢詩の秀句で古来これほど日本人に親しまれた句も少ない。年ごとに花は同じように咲くが人は違う。去年いた人が今年はもういなくなっていると。この詩の原作者を劉希夷とする説もあり、それにからんで真偽不明の妙な逸話がある。つまり、宋之問は娘の夫劉希夷の詩の中にあるこの対句にほれこみ、発表前に譲ってくれとせがんだ。一度は承知した劉が後で拒絶したため、宋は彼を暗殺したというのである。

蘭陵《らんりょう》の美酒　鬱金《うこん》の香《こう》
玉椀《ぎょくわん》盛《も》り来《きた》る　琥珀《こはく》の光

李《り》 白《はく》

『唐詩選』所収。李白が酒を詠じた数々の詩で見ると、この大詩人、よほど丈夫な肝臓の持ち主だったらしい。しかしもちろん、詩人にとって大切なのはただ酒に強いことではない。酒をいかに天与の甘露のごとく表現するか、その手腕が肝心だった。「蘭陵」は山東省の名酒の産地。「鬱金」は草の名で香料となる。ほのかに鬱金の香りのする美酒が、玉《ぎょく》の杯に盛られて琥珀色に輝く。李白の美辞麗句もひときわ光る。

牀前《しょうぜん》　月光を看《み》る
疑うらくは是《こ》れ地上の霜かと
李　白

『唐詩選』所収。五言絶句「静夜思」の前半。後半は「頭を挙げて山月を望み／頭を低《た》れて故郷を思う」で、古来広く愛誦されてきた作。寝台の前に射しこむ月光、その白い輝きは霜ではないかと思うほどだ、というのである。月光を霜と見なすような比喩は、いわゆる見立ての技法となって、日本では十世紀の古今集時代にとりわけ好まれた。雪と花、雪と鶴、花と雲、波と花、紅葉と錦、滝と白糸。

白髪三千丈《はくはつさんぜんじょう》／愁《うれ》えに縁《よ》って箇《かく》の似《ごと》く長し／知らず　明鏡の裏《うち》／何《いず》れの処《ところ》より
か秋霜《しゅうそう》を得し
李　白

『唐詩選』所収。「白髪三千丈」という成句は、日本人の知る中国の名句でも、最もよく知られた句の一つだろう。李白の十七首連作の名詩「秋浦の歌」の十五首目がその出所で、右がそれ。五言絶句。人々は何と大げさなと言い合いながら愛誦してきたものだが、実は晩年の李白が、流刑から赦免され、秋浦という池の近くに帰った時の作とされる。後半、鏡の中の頭は一体どこから秋の霜を得たのか、の意。

明月は帰らず　碧海《へきかい》に沈み
白雲《はくうん》　愁色《しゅうしょく》　蒼梧《そうご》に満つ
李　白

『李白詩選』所収。「天《あま》の原ふりさけ見れば春日《かすが》なる三笠の山に出《い》でし月かも」で有名な阿倍仲麻呂《あべのなかまろ》は、遣唐留学生となり、玄宗皇帝に仕え、李白・王維ら大詩人とも親交を結んだ。中国名は晁衡《ちょうこう》。古代国際人の筆頭である。その彼が帰国しようとして暴風のため安南に漂着、再び首都長安に帰り、結局在唐半世紀で没した。右は李白が彼の難船の報を悲しんで作った感動的な七言絶句の転結部。「明月」は仲麻呂、「蒼梧」は伝説の東海の山。

孤帆《こはん》の遠影《えんえい》　碧空《へきくう》に尽《つ》き
唯《た》だ見る　長江《ちょうこう》の天際《てんさい》に流るるを
李　白

『李白詩選』所収。李白より十歳ほど年長の詩人孟浩然《もうこうねん》への、送別の詩。孟浩然は王維とともに自然界を歌って比類なかった人だが、李白の親友でもあった。盛唐期の詩人たちの友人関係は羨望に値《あたい》する。右は七言絶句「黄鶴楼にて孟浩然の広陵《こうりょう》に之《ゆ》くを送る」の転結部。杜甫は長詩で並ぶ者がなかったが、一方李白は絶句(四句形式)においてはまさに神品を書く。この二句だけでも、悠揚《ゆうよう》せまらざる風格が遍満《へんまん》。

酒債は尋常　行く処に有り
人生七十　古来稀《まれ》なり
杜《と》　甫《ほ》

『杜甫詩選』所収。七十歳を「古稀」というが、それは杜甫の七言律詩「曲江」のこの一節によって生まれた言葉。李白に較《くら》べれば杜甫の酒はにがい。この詩でも、酒の借金は当たり前で到る所にある、どうせ人生七十まで生きる人は古来稀だと歌う。折しも盛唐の栄華は尽き、動乱・災害に明け暮れる時代だった。杜甫はその時代にめぐり合わせ、生涯貧乏につきまとわれたが、そのためかえって自然と人生をえぐるように深く見た。

空山《くうざん》　人を見ず
但《た》だ人語の響きを聞く
王《おう》　維《い》

『唐詩選』所収。題は「鹿柴《ろくさい》」。唐の大詩人王維は長安南郊の広大な別荘を入手し、敷地内の名勝二十を選んでそれぞれに命名した。「鹿柴」もそれで、この詩句はそこで味わう幽遠な情緒を詠んだ五言絶句の前半。「空山」は人の気配のない山。にもかかわらず、どこからともなく人の話し声が響いてくるのだ。だれにも覚えのある秋山の情景である。それにしても、日本人に愛読されるこの唐代自然詩人は大したお金持ちだったらしい。

独《ひと》り異郷に在りて異客と為《な》る
佳節に逢《あ》ふ毎《ごと》に倍々《ますます》親《しん》を思ふ

王 維

『王右丞集』所収。陰暦九月九日は、易学にいう陽の数である九が重なるため(重陽の節句の由来)、五節句の一つとされ、中国では丘に登る「登高」の行事が、また日本では、古代から観菊の宴が行われた。この詩は唐の大詩人王維十七歳の時の作という。一人他郷にあった彼が、重陽の日、皆で丘に登っているだろう兄弟をひとしお懐かしく偲んで詠じた七言絶句の前半である。王維の兄弟は五人、すべて優れた人物だった。

洛陽の親友　如《も》し相問わば
一片の冰心《ひょうしん》　玉壺《ぎょっこ》に在り

王《おう》 昌《しょう》 齢《れい》

『唐詩選』所収。七言絶句「芙蓉楼にて辛漸《しんぜん》を送る」より。作者が揚子江の南(江南)の地で副知事をしていた当時の作だろうという。都洛陽に帰ってゆく友人の詩人辛漸と、一夜大河のほとりで別れを惜しんだ時贈った詩の後半。「もし洛陽の親友が私のことを尋ねたら、告げてくれ、私は玉壺の中の一片の氷のような澄みきった心でここに生きていると」。「一片冰心在玉壺」は古来愛誦されてきた句。

宿昔《しゅくせき》　青雲《せいうん》の　志《こころざし》／蹉跎《さた》たり白髪《はくはつ》の年／誰《たれ》か知らん　明鏡の裏《うち》／形影《けいえい》自《みずか》ら相憐《あいあわ》れまんとは

張《ちょう》　九《きゅう》　齢《れい》

『唐詩選』所収。「鏡に照らして白髪を見る聯句」と題され、人との合作の一部らしい。昔青雲の志を抱いて出世を夢みたころと、頽齢の今との対比を、鏡の中の「形影」（姿とそれが映っている影）が互いに憐れみ合うさまに見て慨然とする。どんなに進歩繁栄を謳歌《おうか》する世になったとしても、人が常に帰着するのはここだが、作者も唐の玄宗皇帝につかえて名宰相とうたわれた人だった。のち没落。

山空《むな》しゅうして松子《しょうし》落つ
幽人《ゆうじん》　応《まさ》に未《いま》だ眠らざるべし

韋《い》　応《おう》　物《ぶつ》

『唐詩選』。「松子」は松かさ。「幽人」は隠者をいい、この詩を贈った友人丘員外を指す。五言絶句の後半。前半は「君を懐うて秋夜に属す／散歩して涼天に詠ず」。この五言絶句には井伏鱒二の自由訳があって有名だ。すなわち「ケンチコヒシヤヨサムノバンニ／アチラコチラデブンガクカタル／サビシイ庭ニマツカサオチテ／トテモオマヘハネニクウゴザロ」！　ケンチはフランス文学者の故中島健蔵だとか。

夜深く静かに臥《が》すれば百虫絶え
清月　嶺《みね》を出《い》でて光は扉に入る

韓《かん》　愈《ゆ》

松枝茂夫編『中国名詩選』所収。白居易と並び八世紀末・九世紀初頭の中唐詩にそびえ立つ詩人。一般には、古文復興運動の指導者韓退之としても広く知られる。洛陽北郊恵林寺に遊んだ時の詩「山石」より。初秋の夕べ、山の石がごろごろする細い道をたどって寺にたどりつき、一夜の宿りに爽快な夜明けを迎える気分を詠む。反骨のためたびたび左遷もされた人で、この詩「山石」でも、終結部で脱俗の解放感を歌いあげている。

千里に往来して征馬痩《つか》れんたり
十年離別して故人《こじん》稀《まれ》らなり

許《きょ》　渾《こん》

『和漢朗詠集』巻下「将軍」。中唐の武宗帝のころの役人であった詩人。昔なじみの友人の某将軍に贈り、征旅の労苦をねぎらった詩の一節。将軍の身になり代って詠じている。「故人」は旧友。千里を駆けめぐったため、馬はつかれはててしまった。十年も故国を離れていたため、旧友もめっきり少なくなってしまったと。「痩れんたり」は「痩れにたり」のニが音便でンになったもの。「稀ら」のラは接尾語。

梅花《ばいくわ》雪を帯びて琴上《きんしやう》に飛ぶ
柳色煙《りうそくけぶり》に和《くわ》して酒の中《うち》に入《い》る

章《しやう》孝《こう》標《ひよう》

『和漢朗詠集』巻上春。浙江省の銭塘江のほとりに生まれた唐の詩人。朗詠集にはその詩数篇から詩句が引用されている。平安貴族には好かれた中国詩人だろう。「白梅の花が雪さながら、弾奏する琴の上を舞い、萌え出た柳の薄緑は、けぶる霞と融け合って酒盃にただよう」。梅花・柳色、雪・煙、帯びる・和する、琴上・酒中、飛ぶ・入ると、対句の各語がみな一対をなす軽やかな修辞。

蒼苔《さうたい》　路滑《みちなめ》らかにして　僧《そう》　寺《てら》に帰る
紅葉《こうえふ》　声乾《こゑかわ》いて　鹿《しか》　林《はやし》に在《あ》り

温《おん》庭《てい》筠《いん》

平安中期の『和漢朗詠集』巻上「鹿」。作者は晩唐の詩人。青々と苔の生えた路はしっとりと柔らかく、一僧これを踏んで寺に帰る。林には乾いた音をたてる紅葉を踏んで、鹿が遊ぶ。閑雅な秋景。くだって江戸前期の『芭蕉七部集』中『猿蓑』の「夏の月」の巻には、「茴香《うゐきやう》の実を吹落す夕嵐　去来」「僧ややさむく寺にかへるか　凡兆」という付け合いがあるが、凡兆あるいはこの詩句にヒントを得たか。

葡萄《ぶどう》の美酒　夜光の杯《さかずき》
飲まんと欲《す》れば　琵琶《びわ》馬上に催《うなが》す

王《おう》　翰《かん》

『唐詩選』所収。題は「涼州詞」。涼州は唐代西域方面の代表都市の一つ。この七言絶句は西域に駐留する戦士の胸中を吐露した作品で、後半は「酔うて沙場(砂漠)に臥すとも君笑うことなかれ　古来征戦　幾人かかえる」。前半は甘美で享楽的な異国情緒にあふれているが、後半を読めばそれも戦士の感傷的実感と表裏一体。唐詩の絶句中広く知られる逸品で、長い間多くの人に愛誦されてきた。

蠟燭《ろうそく》　心有り　還《ま》た別れを惜しみ
人に替《かわ》って涙を垂れて天明に到《いた》る

杜《と》　牧《ぼく》

目加田誠『唐詩散策』(昭五四)所収。七世紀―十世紀初頭の唐代の詩は、普通初唐・盛唐・中唐・晩唐と四分されるが、杜牧は甘美な情緒に富む晩唐の詩の代表的存在で愛読者も多い。右は送別の七言絶句後半。蠟燭にも惜別の心があるのだろう、夜明け(天明)までもわが心に替わって涙を流し続ける。詩の前半では「多情はかえってすべて無情に似たり」、別れゆえに、酒杯を前にして笑顔も浮かばない、と歌っている。

黒猿《こくえん》は子を抱《いだ》きて坐して法を聞き
青鹿は群を呼びて跪《ひざまづ》きて花を献《けん》ず

明《みん》極《き》楚《そ》俊《しゅん》

『五山文学集　江戸漢詩集』所収。中国元代の禅僧。晩年になって日本に渡航、後醍醐天皇の信奉を受け、建長寺・南禅寺・建仁寺に歴住した。ふつう臨済宗の鎌倉・京都の各五大寺の禅僧の詩文を「五山文学」と通称するが、その作者らの中にはこういう中国人禅僧も含まれていた。これは「山居」と題する七言律詩の一節。読経していると黒い猿や青い鹿が来て、つつましく拝聴するような山寺の暮らし、その「淡中の滋味」をたたえる。

太倉《たいそう》の粟《ぞく》をも啄《ついば》まず／主人の屋《おく》をも穿《うが》たず／
山林にて生涯を有《たも》ちつつ／暮には宿《しゅく》す一枝《いっし》の竹に

義《ぎ》堂《どう》周《しゅう》信《しん》

『五山文学集　江戸漢詩集』所収。前回の明極楚俊と同様五山の建仁寺・南禅寺などに住した禅僧。五山の漢詩人中、絶海中津《ぜっかいちゅうしん》とともに現代にもよく知られる詩僧で、書にも秀でた。空華道人と称し、著書が多数ある。これは「竹雀」と題する五言絶句。竹やぶの雀は役所の米倉(太倉)の穀物を盗んでついばむこともせず、主人の家に穴をあけて壊すこともなく、生涯山林に住んで何ものにもとらわれず、日が暮れれば一本の竹に宿るのみ、自由に生きるのだと。

春愁《しゅんしゅう》の薄き処に　蘆管《ろかん》を吹き
午夢《ごむ》の残る時に　茗盃《めいはい》を啜《すす》る

虎関師錬《こかんしれん》

『五山文学集』所収。作者は南北朝、臨済宗の名僧。「春」と題する七言律詩の一節である。元来春は愁い多い季節だが、それはともすればこの季節、花鳥風月の美に心を乱されるからであると前置きして、さて、それはそうだが、寺の簡素な暮らしには、格別の春愁も湧かぬ。拙僧は芦笛をつれづれに吹き鳴らし、午睡の夢さめやらぬ時は茶(茗盃)を一服して、一刻を心安くすごすのだと。前掲『第五折々』二二頁)の西島麦南《ばくなん》の句同様、音読みの語の響きが楽しめる。

壺中《こちゅう》の風景　四時《しいじ》を兼《か》ぬ
山色渓光《さんしょくけいこう》　共に一簾《いちれん》

絶海中津《ぜっかいちゅうしん》

『蕉堅稿』所収。室町前期(十四世紀)の臨済宗の僧。夢窓国師の弟子で五山随一の詩人と称せられた。この詩句は中国唐末の僧禅月大師の「山居詩二十四首」に和して作った「山居十五首」の一首から引いたもの。「次韻」という唱和の形式が漢詩にはある。古代以来和歌にも大きな影響を及ぼした。「山居十五首」もその一種だろう。壺中のような狭い風景だが四季すべてを備えている。山の色、渓の光は、眼前ただ一枚のすだれを通してわが掌中にある。

人生自《おのづか》ら涯《かぎり》有り／目前如し遣《や》る可《べ》くんば／身後に期するを須《もち》ひず

中《ちゅう》巌《がん》円《えん》月《げつ》

『東海一漚集《いちおう》』所収。十四世紀の禅僧。鎌倉に生まれ、元に渡って修行した。「歳晩」と題する五言律詩の一節。「遣る」は憂さを晴らす。「身後」は死後。「人生はおのずと限りがある。死ねばそれで終わりだ。もし目前で即刻憂さや辛さを一切合財晴らせるというのなら、死後に期待をかけることもないのだ」の意だが、その背後に隠された心としては、「だがそれはあり得ない。憂さ辛さは生の永遠のお荷物さ」というのだろう。

清時《せいじ》に　味有るは　是《こ》れ　漁舟にして
水宿《すいしゅく》しつつ　生涯　白鷗《はくおう》を伴《ともな》へり

一《いっ》休《きゅう》宗《そう》純《じゅん》

十五世紀の有名な傑僧。大徳寺第四十七世住持。奇行で知られ、狂雲と号したので詩集は『狂雲集』『続狂雲集』と題する。その詩のあるものは赤裸な愛欲をうたい、日本漢詩中の異色として、近年とくに知られる。右は秋の河で釣る漁夫を描いた絵を詠んだ七言絶句「秋江独釣図」の起承。心穏かに平和な時世にあって、面白味あるものといえば釣舟だ。水に宿りつつ、生涯カモメを連れて自由に生きると。語の働きに独特の生気がある。

垢《あか》なりや塵《ちり》なりや　是《こ》れ何物なりや
元来見来《きた》れば　更《さら》に無骨なり

一休宗純

『五山文学集　江戸漢詩集』所収。室町時代の傑僧一休は、また卓越した漢詩・狂詩の作者だった。これは『一休諸国物語』中の狂詩で、「蚤《のみ》に題す」とある七言絶句の起・承二句。おいこれは垢か、塵か、一体何だ。見れば骨もない不細工なやつめ。この二句に続く転・結二句は「人を喰《くら》ひて十分に肥えたりといへども　痩《そう》僧の一ひねりにも生涯を没せん」。ノミに寄せて、世の不徳義漢どもの空しい権勢富貴を一喝したか。

霜は軍営《ぐんえい》に満ちて　秋気清《しゅうききよ》し
数行《すうこう》の過雁《かがん》　月　三更《さんこう》

上杉謙信《うえすぎけんしん》

十六世紀、戦国時代末期を代表する越後の名将上杉謙信の七言絶句「九月十三夜陣中の作」の起承二句。天正二年能登に遠征、遊佐弾正の七尾城を攻略した時、折からの十三夜の月に興を発し、陣中で詠じたとされている。「数行の過雁」は空をゆく数列の雁。秋になって南下してきた群れを見たのだ。「三更」は夜の十二時から二時まで。詩句は清涼、往時の武人の心ばえを示す。広く愛誦されてきたのは周知の所だろう。

雪は紈素《がんそ》の如《ごと》く　煙は柄《へい》の如《ごと》し
白扇《はくせん》　倒《さかしま》に懸《かか》る東海の天

石《いし》川《かわ》丈《じょう》山《ざん》

京都の有名な詩仙堂を建て、そこに住んだ三河出身の江戸時代初期の文人。富士山を詠じた七言絶句の転結で、結句が特に知られる。雪は白い練り絹(紈素)のごとく、のぼる煙は扇の柄のようだ。まことに富士は東海の空高く白扇をさかさまにかけたようだ、という。あの山容を白扇に見立てたわけで、昔はこの見立てが面白いと受けたが、今ではむしろわざとらしくて、舞台の書き割りじみてみえる。そのため太宰治も、富士には月見草がよく似合うと言った。

光風《こうふう》　霽月《せいげつ》　今猶在《いまなおあ》り
唯欠《ただか》く　胸中洒落《きょうちゅうしゃらく》の人《ひと》

山《やま》崎《ざき》闇《あん》斎《さい》

江戸時代前期の儒者。七言絶句「有感」の転結二句。宋の詩人黄山谷のある詩をふまえつつ、雨後の晴れ渡った景観に対する感懐を詠んだ。「光風霽月」は晴天のうららかな風と雨あがりの澄みきった月。転じて曇りない心。「洒落」は現今シャレの意に使われることが多いが、本来は心や態度がさっぱりしてわだかまりのないこと。雨後の世界のすがすがしさにも比すべき人物のいない事への嘆きをうたっている。

江近《かう》くして溝水《こうすい》を通《つう》ず
城頭　魚自《うをおの》づから肥えたり

服部《はっとり》南郭《なんかく》

『蘐園録稿《けんえんろくこう》』所収。江戸中期の儒学者で詩人として著名だった。荻生徂徠《おぎゅうそらい》の「古文辞学派《こぶんじ》」の高弟だが、有名な『唐詩選』を日本に広めた恩人でもある。五言絶句四首から成る「東都四時歌」のうち秋を詠じた作の起承二句。大意は、隅田川が江戸の町近くを流れ、江戸城の堀にも通じている。城のほとりでは、とれる魚もおのずとよく肥えていてうまいの意。「東都」、すなわち江戸の四季を讃える小詩編が並ぶ。

雪は山堂《さんどう》を擁《よう》して樹影《じゅえい》深し　檐鈴《えんれい》動かず夜沈沈《よるちんちん》
閑《かん》に乱帙《らんちつ》を収めて疑義《ぎぎ》を思ふ　一穂《いっすい》の青燈万古《せいとうばんこ》の心

菅《かん》　茶山《ちゃざん》

江戸後期の儒者で当時一級の詩人だった。備後(広島県)の人。「冬夜読書」と題する七言絶句である。雪に埋もれた山中の家。木は黒々と立ち、軒の鈴は動かず、夜は静かにふけてゆく。読み散らして乱れた書物を帙(書物を包む覆い)にしまって静かに疑問点を思いめぐらす。青く光る一つのともしびのもと、はるか昔の古人に寄り添っている思いがする、と。読書を詠じた詩歌の中でもよく知られている作である。

氷柱《ひょうちゅう》は幾條《いくすじ》ぞ　垂《た》れて地に到れば
水晶の簾外《れんがい》に　月は玲瓏《れいろう》たり

市《いち》河《かわ》寛《かん》斎《さい》

『寛斎先生遺稿』所収。七言絶句「雪中雑詩」の転結二句。厳寒の早朝、つららが地に接するほどに何本も軒から垂れている。水晶のすだれさながらのその氷柱の外に、月は玲瓏と照っている。寛斎は江戸後期の江戸の儒者・漢詩人で、関西の同世代の菅茶山と並称される人気詩人だった。「江湖詩社」を主宰、多くの俊英漢詩人を育てた。富山藩に二十年間教授として隔年に在職、この詩は富山での作である。雪景色はまさに北陸。

十字街頭乞食《がいとうこつじき》しをはり／八幡宮辺を方《まさ》に徘徊《はいくわい》す／
児童相見《あひみ》てともに相語る／去年の癡僧《ちそう》今また来たりと

良《りょう》寛《かん》

『良寛道人遺稿』所収。良寛は越後出雲崎の神官の長子だが、青年前期に出家して禅僧となった。若い日のこの転身には深い謎が感じられる。備中(岡山県)の名僧国仙和尚を慕って同地まで修行におもむき、五十近くまで関西また関東で修行した後、帰郷して国上山の五合庵に入った。この漢詩は托鉢生活の一情景を詠んだもの。子どもらは「おいおい、去年の間抜け坊主がまた来たよ」とはやすとあるが、子どもらはもとより親しんでそういったのだ。

文章　世において　もと纖塵《せんじん》

ただ恐る　頽波《たいは》の旧津《きゅうしん》を没するを

頼《らい》　山《さん》陽《よう》

『日本外史』の著者山陽は経世家をもって自任したが、詩人としても多産、詠史を得意とした。これは「論詩絶句二十七首」中の最後の絶句の起承。「纖塵」はこまかい塵。とるに足らぬもの。「頽波」はくずれる波。「旧津」は古い船着場。よき伝統のたとえ。文章など元来とるに足らぬものだが、ただ世の頽波によって古くからの精神のより所が没するのを恐れ、文を綴り人に訴えるのだと。文人の心構えの中に経世家としての決意が披瀝されている。

道《い》ふを休《や》めよ　他郷　苦辛《くしん》多しと

同袍《どうはう》　友あり　自《おのづか》ら相親《あひした》しむ

広《ひろ》瀬《せ》　淡《たん》窓《そう》

幕末の儒者詩人。豊後《ぶんご》(大分県)日田に塾舎「桂林荘」を開く。のちに「咸宜園《かんぎえん》」と改称。門人は前後四千人を数え、高野長英、大村益次郎らが輩出した。七言絶句「桂林荘雑詠、諸生に示す」の前半で、塾生によびかけたもの。他郷の遊学はつらいと泣きごとを言うな諸君。同じ一枚の袍(綿入れの上着)を貸し合うほどの親友もでき、おのずと親しみ合っているではないか、と。

満身の疎影《そえい》は　清きこと水の如《ごと》く
但《ただ》幽香を認むるのみにして　花をば見ず

江《え》馬《ま》細《さい》香《こう》

『湘夢遺稿』所収。江戸時代の女性漢詩人。父蘭斎は大垣藩の儒医で蘭学者だった。七言絶句「梅辺歩月」の転結部。前半は月に照らされた梅林を微吟しつつ歩む描写。「私の体いっぱいに落ちる梅のまばらな影は、清らかなこと水さながら。かすかに漂ってくる芳香だけは明らかだが、花は見えない」。早春の梅林であろう。古来梅の薫りをよく「暗香浮動」と形容したが、結句はそれの巧みな変奏曲。

蜂は愁《うれ》へ　鶯《うぐひす》も恨めり　薫風《くんぷう》の裡《うち》に
独《ひと》り昏迷《こんめい》して　蝶《てふ》のみ未《いま》だ醒めざる有り

友《とも》野《の》霞《か》舟《しゅう》

『霞舟先生詩集』所収。嘉永二年没、江戸時代末期の漢詩人。「残花」と題し、桜が散ったあとの庭先の小自然を、いわば風景詩人の目で詠じた七言絶句の転結部。桜もおおかた散ってしまい、蜂は寂しげに飛び、鶯も朗らかには鳴かない。初夏の薫風が吹き始めている季節である。でもひとり蝶だけはまだ春の気分から覚めやらず、ふらふらとさまよっている。むしろ近・現代詩に近い描写である。

帯は姑《しばら》く世に随《したが》つて　其《そ》の幅《はば》を闊《ひろ》くすれども
衣は時に趨《おもむ》かず　多く綿《めん》を着る

梁《やな》川《がわ》紅《こう》蘭《らん》

幕末の漢詩人梁川星巌《せいがん》の妻。みずからも漢詩を書いた。身近な衣服について詠じつつ、生活への基本態度をのべた七言絶句「無題」の起承部。帯はまあ世間に合わせて幅広にしておきますが、着物については流行を追わず、たいていは木綿物ですよ。続く転結部では、冬の寒さをしのぐにはそれが良策だし、簡便ですという。平凡な生活哲学と見えて、この心のゆとりはなかなか得がたい。

幾年《いくねん》か曾《かつ》て江門《かうもん》の客《かく》と作《な》り
十丈塵中《じふぢやうぢんちゆう》　穏眠《をんみん》を欠けり

藤《ふじ》井《い》竹《ちく》外《がい》

『竹外二十八字詩』所収。幕末期、七言絶句で人気を博し愛誦された漢詩人で頼山陽の愛弟子。二十八字詩とは七言絶句を指す。摂津(大阪府)高槻藩士で、鉄砲の名手だったという。江戸にも在勤。これは江戸(江門)から帰任した時、故郷のさわやかな秋の目覚めをたたえた「暁眠」という絶句の転結部。江戸では十丈もの塵埃《じんあい》にうもれて安眠できなかったと。しかしそれが江戸の魅力でもあった。

我が家《や》の遺法、人知るや否や
児孫《じそん》の為に美田《びでん》を買はず

西郷隆盛《さいごうたかもり》

「偶成」と題する七言絶句の転結部。たまたまできた詩という題意だが、内容は西郷の胸中に常にあった思想をのべている。「幾たびか辛酸を歴《へ》て志始めて堅し、丈夫は玉砕すとも甎全《せんぜん》を恥ず」という起承を受ける。子孫のためによい田地(財産)を買っておいてはやらぬのがわが家の家憲だという思想は、この維新の英傑の覚悟のほどを示すが、その背後には彼の家に伝えられてきた家庭教育の深い英知があるだろう。

孤愁《こしゅう》　鶴を夢みて　春空《しゅんくう》に在り

夏目漱石《なつめそうせき》

『漱石全集』所収。漱石は少年時から漢詩文を好んだ。学生時代に始まり生涯にわたって多くの漢詩を作った。とくに死去の年(大正五年)には新聞連載『明暗』の執筆と並行して、死の直前まで、七十首もの漢詩を作った。小説は午前中、詩は午後。右の詩句は九月十三日作の七言律詩より。山中に住まいする自由人の暮らしをえがく詩の最終行である。男の孤愁が、鶴を夢みつつ春の空にかかっているのである。

眼耳《がんじ》双《ふた》つながら忘れて身も亦《また》失ひ
空中に独《ひと》り唱《うた》ふ白雲《はくうん》の吟《ぎん》

夏目漱石

『漱石全集』。大正五年十一月二十日夜作の七言律詩「無題」の末尾。漱石は同年十二月九日死去した。この作は最晩年の重要な仕事である漢詩群中での絶作となった。漱石の漢詩は風流人の趣味・教養の域をはるかに脱していた。自己の内面世界の消息に取材して自在に人生を論じた点、近代詩の正統を漢詩の形で貫いたともいえる。この絶作には死の影があるが、言葉の澄明強力なこと、さすがである。

知らず　兵禍《へいか》何《いず》れの時にか止《や》まん
垂死《すいし》の閑人《かんじん》　万里《ばんり》の情《じょう》

河上《かわかみ》肇《はじめ》

『河上肇詩集』(昭四一)所収。『貧乏物語』の著者、マルクス経済学者、詩人、また歌人。前出〔『折々』八四頁〕の大塚金之助と同じく、昭和八年治安維持法で検挙されたが、そのころからかねて好んだ漢詩の実作に手を染めはじめた。右は昭和十九年六十六歳時の七言絶句の転結部。早朝、地虫の声を聞きつつ戦火の行くえを憂えて歌う。死期も近いひま人の私は、万里のはて、戦場の若者を思って暗然たるのみと。

蒲公《たんぽぽ》の黄に薺《なづな》のしろう咲《さき》たる／見る人ぞなき〳〵雉子《きぎす》のあるか
ひたなきに鳴《なく》を聞《きけ》ば／友ありき河をへだてゝ住《すみ》にき

与《よ》謝《さ》蕪《ぶ》村《そん》

「北寿老仙をいたむ」より。有名な「春風馬堤曲」をも含めて、蕪村には近代詩の先駆ともいえる和詩の作がいくつかあった。これもその一つで、仕上りは最も調和がとれている。北寿老仙とは下総(茨城県)の俳人早見晋我《しんが》の隠居後の号。当時同地に滞在、親交を結んだ蕪村が、晋我の死を哀しんで作った詩。「君あしたに去ぬゆふべのこころ千々に／何ぞはるかなる」と始まる。蕪村時に三十歳。春景色。雉子の声。人いまは亡《な》し。

山林に自由存す
われ此句を吟じて血のわくを覚ゆ

国《くに》木《き》田《だ》独《どっ》歩《ぽ》

合著詩集『抒情詩』(明三〇)所収「山林に自由存す」(四行四連)の冒頭二行。作家独歩の出発はまず新体詩だった。明治三十年ごろ短期間に約五十編書いたが、中で最も有名なのがこの詩。自由の存する山林を見捨て、世俗の虚栄に迷って生きてきた愚かさへの嘆きを歌う。明治二十七年、当初『地理学考』の題で出た内村鑑三の『地人論』に引かれたシルレルの詩に「自由は山に在り」云々の句が見える。関係があるかもしれぬ。

ただひとり岩をめぐりて
この岸に愁《うれひ》を繋《つな》ぐ

島崎《しまざき》藤《とう》村《そん》

『落梅集』(明三四)所収「千曲川旅情のうた」の最終二行。この詩はのち同集の「小諸なる古城のほとり」と合わせて「千曲川旅情のうた」一・二番となり、その二をなす。四行四連、藤村詩中最も有名な作だろう。千曲川の古城跡にたたずみ、戦国武将の栄枯のあとを回想し、「嗚呼《ああ》古城なにをか語り　岸の波なにをか答ふ」と嘆じつつ、ひとり岸辺をさまよう近代の旅人の愁いをうたう。

われもまた渚《なぎさ》を枕《まくら》
孤身《ひとりみ》の浮寝《うきね》の旅ぞ

島崎藤村

『落梅集』(明三四)所収。歌曲としても広く愛誦される「椰子《やし》の実」の第四連。名も知らぬ南の島からはるばる日本の岸に漂着した椰子の実に寄せて、みずからの漂泊の思いを歌う。この種の旅情は古今東西の詩にたえず歌われるが、藤村は伝統的で時には陳腐でさえある用語をたくみに用い、明治の子女の感傷に快い形を与えた。「浮寝」は船などで水に浮いて寝ること。転じて漂泊の旅。

林檎畑《りんごばたけ》の樹《こ》の下《した》に／おのづからなる細道は／
誰《た》が踏《ふ》みそめしかたみぞと／問ひたまふこそこひしけれ　島崎藤村

『若菜集』(明三〇)所収。四行四連の詩「初恋」最終連。りんご畑でしばしば待ち合わせるうちに、二人だけの思い出の小道ができたということを、明治の新体詩人はやや誇張的にこう歌った。今読めばむしろ技巧が鼻につく感じだが、当時の青年子女にとっては、りんご畑の逢引きという題材そのものも含めて、胸ときめく思いのする新風で愛誦された。第一連は「まだあげ初めし前髪の　林檎のもとに見えしとき　前にさしたる花櫛の　花ある君と思ひけり」。

道は衰へ文弊《や》ぶれ／管仲《くわんちゆう》去りて九百年／楽毅《がくき》滅びて四百年／
誰か王者の治を思ふ。∥丞相《じようしやう》病《やまひ》あつかりき。　土井《どい》晩翠《ばんすい》

『天地有情』(明三二)所収。明治四年仙台生まれ、昭和二十七年没の詩人。近代随一の漢語調詩人で、叙事詩に力をふるう。代表作「星落秋風五丈原《ほしおつしゅうふうごじょうげん》」六章中、第一章末尾の一節。蜀の国の名宰相として魏と戦い、五丈原陣頭に没した諸葛孔明《しょかつこうめい》を歌いつつ、王道すたれて覇道栄える時世を弾劾する。管仲は斉の名宰相、楽毅は燕の名将。彼らすでに去った後、王者の治をめざした孔明も死の床にあるのだ。丞相は宰相で、孔明をさす。

嗚呼《ああ》山は　筑波嶺《つくばね》／天低《そらひく》く　立てれども／命哉《いのちかな》　ながらへて／吾終《わがつひ》に　登りたる

横瀬夜雨《よこせやう》

『校本横瀬夜雨詩集』(昭五三)所収。明治十一年茨城県生まれ、昭和九年没の詩人。幼時佝僂《くる》病にかかり生涯苦しんだ。「お才」その他近代民謡調の詩で有名になる。「筑波嶺詩人」とよばれるほど筑波山をよく歌ったが、晩年の昭和三年、妻子や詩友らに守られて初めて久恋の筑波山頂に登った。これはその感動を歌った「筑波に登る」の最終連四行。初期の民謡調の詩とは、詩句にこもる底力がちがう。

人生の混乱からすつかり離れ
星の間に歌を見出すことは喜ばしい

野口米次郎《のぐちよねじろう》

『表象抒情詩』(大一四)所収。この二行だけでもすっきりした姿で立っている詩句だが、もとは作者が熱愛した広重の江戸百景の「両国の花火」に想を得た「両国の花火」と題する二十行足らずの詩の一節。二行でも立ちうるのは、野口米次郎が日本では数少ない本格的な思想詩人だったからである。両国の花火を描写しつつ、詩の展開の勢いに乗って、花火の暗示を一瞬のうちに人生観の表現にまで押し広げる。詩の構成が時に強引だが、魅力のある詩人だ。

糸車、糸車、しづかにふかき手のつむぎ、
その糸車やはらかにめぐる夕《ゆふべ》ぞわりなけれ。

北原《きたはら》白秋《はくしゅう》

『思ひ出』(明四四)所収。詩集中の佳品として有名な全十一行の詩「糸車」の最初の二行。「共同医館」の板の間で留守番の老女が静かに糸車をつむいでいるのを見た、幼いある日の情景を、追憶の遠目鏡を通じてまざまざと甦えらせている。「かくて五月となりぬれば、微《ほの》かに匂《にほ》ふ綿くづのそのほこりこそゆかしけれ」と。「わりなし」は理屈で説明できぬ、言いがたい思いをいう。糸車はいつしか深い思いそのものとなってめぐる、柔らかに。

岬《みさき》の光り／岬のしたにむらがる魚ら／岬にみち尽き／
そら澄み／岬に立てる一本の指。

山《やま》村《むら》暮《ぼ》鳥《ちょう》

『聖三稜玻璃』(大四)所収。明治十七年群馬県生まれ、大正十三年没の詩人。多年キリスト教伝道師でもあった。萩原朔太郎、室生犀星と「人魚詩社」を結成し、近代詩の歴史を一新するような仕事をしたことはよく知られている。最初の「岬の」は、岬が、の意。岬の先端、澄んだ空の下に「一本の指」がすっくと立つ浄福の心象風景。現実の灯台とも、灯台即キリストの象徴とも読める、そういう「一本の指」が、そこにきりりと立っている。

千草《ちぐさ》の嘘つきさん／とうちゃんの／おくちから／蝶々が／飛んでつた、なんて

山村暮鳥

『雲』(大一四)所収。暮鳥は玲子・千草の二人のまだ幼い娘を残して満四十歳で没した。貧窮と病苦の中で最後まで詩や童謡・童話を書き続けた。結核のため、心ない村人らにまで迫害されたこともあったが、人生を究極において肯定しようとする熱い思いが彼を支えた。『雲』は没後刊行の詩集だが、枯淡ともみえる平易な詩の中に、新たな精神的脱皮と飛躍への志が波うっていてすがすがしい。

人気《ひとけ》なき公園の椅子《いす》にもたれて
われの思ふことはけふもまた烈しきなり。

萩原《はぎわら》朔太郎《さくたろう》

詩集『純情小曲集』(大一四)後半「郷土望景詩」十編の中の「公園の椅子」冒頭二行。故郷前橋で過した憂鬱きわまる青年期を回想した作で、同じ詩の別の部分には、「われを嘲けりわらふ声は野山にみち　苦しみの叫びは心臓を破裂せり」のような激した詩句もある。葉桜ごろのどこかの公園の椅子には、今も人知れぬ憂悶をもった青年が、「烈しき」思いを抱いて、苦しくうずくまっていることだろう。

しづかにきしれ四輪馬車《しりんばしや》、／ほのかに海はあかるみて、／
麦は遠きにながれたり、／しづかにきしれ四輪馬車。

萩原朔太郎

『月に吠える』(大六)所収の詩「天景」全七行の冒頭四行。続いて「光る魚鳥の天景を、／また窓青き建築を、／しづかにきしれ四輪馬車。」大正初年代の萩原の小品詩は、語感の鋭さ、歌われている内容の縹渺《ひょうびょう》たる無限感、心耳にしみこんでくる愁いの調べで際立っている。この天の風景には、静かな息づかいに一種の浄福感がある。当時の朔太郎の詩を彩る湧き出てやまぬ祈りのごとき衝動が生んだものだろう。

わが故郷《こきやう》に帰れる日／汽車は烈風の中を突き行けり。

萩原朔太郎

『氷島』(昭九)所収。故郷にもさまざまあるが、これはお先真っ暗の帰郷。「昭和四年の冬、妻と離別し二児を抱へて故郷に帰る」と前書きする二十一行の詩「帰郷」の冒頭。近代日本最高の叙情詩人は、生活では無能力だった。しかし文語調で「砂礫《されき》のごとき人生かな！」と慷慨《こうがい》する時、不思議にも詩句そのものは、「寂寥」「絶望」を超えて一人立ちしている。詩の言葉は時に作者の人生を超える。

ふるさとは遠きにありて思ふもの
そして悲しくうたふもの

室生《むろう》犀《さい》星《せい》

『抒情小曲集』(大七)巻頭の詩「小景異情」その二(全部で十行)の冒頭。有名な詩句だが、これは遠方にあって故郷を思う詩ではない。上京した犀星が、志を得ず、郷里金沢との間を往復していた苦闘時代、帰郷した折に作った詩である。故郷は孤立無援の青年には懐かしく忘れがたい。それだけに、そこが冷ややかである時は胸にこたえて悲しい。その愛憎の複雑な思いを、感傷と反抗心をこめて歌っているのである。

芝草《しばくさ》に霜の降りたり／そらは海なりをみなぎらす／もはや別れなり／
くらくして寒い冬がくるぞよ

室生犀星

『抒情小曲集』(大七)所収。明治二十二年金沢生まれ、昭和三十七年没の詩人・小説家。不幸な生いたちで、高等小学校も中途で退学、独力で詩・創作への道を切り開く。北原白秋の強い支持を受け、萩原朔太郎と密接な友情を結んだ。二十代前半期の詩を集めた『抒情小曲集』は、近代詩史中の珠玉である。これは「わかれ」と題する短詩。素材・用語はごく普通だが、神経はぴんと張っている。心は重く暗い。しかし、詩句は力強い。

屋根裏より／手をさしのべてあはれコオヒイを呼ぶ

室生犀星

『抒情小曲集』(大七)所収。親友萩原朔太郎に較べれば、貧のどん底を知っていた犀星には強い生活力があった。しかしこの初期詩編のころの彼は、年中空《す》き腹をかかえた放浪する精神だった。「ある日」と題するわずか二行の詩。別の「室生犀星氏」と題する三十行の詩では、「やつれてひたひあをかれど／われはかの室生犀星なり」と歌うが、貧の中にあっても発揮される諧謔に、詩の秘密がある。

空青し山青し海青し／日はかがやかに／南国の五月晴《さつきばれ》こそゆたかなれ

佐《さ》藤《とう》春《はる》夫《お》

和歌山県新宮市生れのこの詩人の代表作「望郷五月歌《ごがつか》」の一節。詩は次のように始まる。「塵まみれなる街路樹に／哀れなる五月《さつき》来にけり／石だたみ都大路を歩みつつ／恋しきや何《な》ぞわが古郷《ふるさと》」。五月の東京にあって、海山の彼方紀州の、水清く、実り豊かな自然と人の営みを望み見て歌った望郷の詩である。昭和六年の作。今よりはよほど清潔だったはずの、半世紀前の東京の街路樹も、南国生れの詩人には塵まみれにみえたらしい。

鮎は瀬に／人は噂の／淵に住む

佐藤春夫

『能火野人《のびやじん》十七音詩抄』(昭三九)所収。佐藤春夫は詩人・小説家だったが、満七十二歳の誕生日に上記「十七音詩抄」を刊行、知友に配った。十七音詩とは、俳句とは意識的に一線を画した題名である。この詩は「室町小唄」と題する作。近世諸国民謡を採集した『山家鳥虫歌』の中の越中民謡「鮎は瀬につく鳥は木にとまる、人は情の下に住む」を踏まえている。軽い唄だが、なにがしかの動機があっての作だろう。

まてどくらせどこぬひとを／宵待草《よひまちぐさ》のやるせなさ／こよひは月もでぬさうな。

竹《たけ》久《ひさ》夢《ゆめ》二《じ》

詩集『どんたく』(大二)所収の「日本のむすめ」十六編の第一。宵待草は夏の夕方黄色い花を開き、朝にはしぼむオオマツヨイグサの異名で、俗には月見草ともいう。宵に恋人を待ちくたびれる女心を宵待草の名にかけて、夢二好みの清怨のためいきを歌う。はじめ「……宵待草の心もとなき／「おもふまいとは思へども」／われとしもなきため涙」云々の八行の詩だったものを、三行に改作して成功した。曲となり大いに愛唱されているのは周知の通りである。

星を数ふれば七つ、／金の灯台は九つ、／岩蔭に白き牡蠣《かき》かぎりなく／
生るれど、／わが恋はひとつにして／寂し。

西条八十《さいじょうやそ》

『砂金』(大八)所収。明治二十五年東京生まれ、昭和四十五年没の詩人。童謡、歌謡曲、軍歌の作詞家としてあまりにも有名だが、元来繊細な言語感覚で心象のゆらめきをたくみにとらえて歌う、いわゆる大正期芸術派詩人の代表格の一人だった。これは短詩「海にて」の全文。「七つ」「九つ」「かぎりなく」、そして「わが恋はひとつ」と、数字の配置・対比を軸にして、恋と郷愁の情緒を歌う。しゃれた感覚の歌いぶり中に、古歌謡の骨法が生かされていて面白い。

君は行く暗く明るき大空のだんだらの
薄明《うすあか》りこもれる二月

村山槐多《むらやまかいた》

詩集『槐多の歌へる』(大九)所収の「二月」冒頭二行。大正八年二十三歳で夭折した詩人・画家。京都で幼少年期を送ったが、中学時代からすばらしい詩を書いていた。画家となり、日本美術院展でたちまち頭角を現すが、失恋、放浪、飲酒、貧窮のうちに病み、早世した。「二月」は十八歳の時の作。当時恋心を抱いてあこがれていたある美少年への讃歌らしいが、早春の少年の情感は冒頭二行の中にしっかりと息づいている。詩句の起伏の豊かさがみごとである。

留守《るす》と言え／ここには誰《だれ》も居《お》らぬと言え／五億年経《た》ったら帰って来る

高橋《たかはし》新《しん》吉《きち》

『高橋新吉の詩集』(昭二四)所収。明治三十四年愛媛県生まれの現代詩人。二十二歳の時『ダダイスト新吉の詩』を出し、日本最初のダダイスト詩人となった。青年期に真言宗の寺で修行したが、やがて禅に傾倒、「禅詩人」として海外でも知られるにいたった。禅的契機をつかんではっしと対象の本質を射とめたような詩が多い。これは「るす」と題する三行詩で、代表作とされる。わずか三行の中に、日常の時空を一挙に脱出する詩の魔術がある。

みづのたたへのふかければ／おもてにさわぐなみもなし／ひともなげきのふかければ／いよよおもてぞしづかなる

高橋《たかはし》元《もと》吉《きち》

『高橋元吉詩集』(昭三七)所収。明治二十六年前橋市生まれ、昭和四十年没の詩人。生家は前橋の有名な書店で、中学卒業後父の意思により進学を断念、自家の店員として働き、のち長兄をついで社長を務めた。萩原朔太郎、高田博厚、尾崎喜八らと親交を結んだ思索家型の詩人で、詩はおおむね憂愁の色が濃い。この短詩、素性法師の恋歌「そこひなき淵やはさわぐ山川《やまがは》の浅き瀬にこそあだ波は立て」を思わすが、こちらは内省の歌。憂愁は底に沈んで一層深い。

海だべがど　おら　おもたれば
やつぱり光る山だたぢやい

宮《みや》沢《ざわ》賢《けん》治《じ》

『春と修羅』(大一三)所収の方言詩。題は「高原」。右の続きに次の三行がある。「ホウ／髪毛《かみけ》風吹けば／鹿《しし》踊りだぢやい」。詩全体は、海かなと思ったが、やっぱり光る山だったぞ、風が吹けば、鹿《しし》踊りにかぶる面の髪みたいに、髪が踊るぞ、という意味だろう。作者賢治が所蔵して書き入れをしていた『春と修羅』では、この詩の上に斜線が引いてあるそうだが、作者の意思いかんとは別に、この方言詩は生きている。

手は熱く足はなゆれど
われはこれ塔建つるもの

宮沢賢治

『宮沢賢治全集』所収。生前には発表されず、草稿のまま残された大量の作品の一つ。「疾中」と題するノートにある作で、病臥中の草稿である。草稿とはいえ、詩句から発する思想はふしぎな輝きをもっている。続く一節は「滑り来し時間の軸の／をちこちに美ゆく《(ママ)》も成りて／燦々《さんさん》と暗をてらせる／その塔のすがたかしこし」。「燦々と」が「燎々と」とも読めるなど、走り書きの字の解読の仕方により異なった読みがある。「美ゆく」はハユクと読むか。

あかつちの／くづれた土手をみれば／たくさんに／木のねつこが
さがつてた／いきをのんでとほつた

八《や》木《ぎ》重《じゅう》吉《きち》

『八木重吉全集』所収。明治三十一年東京府下に生まれ、昭和二年二十九歳で没した詩人。中学の英語教師だったが、内村鑑三の著作にふれ熱烈なキリスト者となる。晩年はとりつかれたように詩作にふけったらしい。これは二十七歳当時の詩稿にあった短詩。一見なんの変哲もないがけ道の描写である。しかしそれが最終行に至って、とつぜんハッと息をのませるような詩句に達し、異様な詩の魔力を放射してくるすばらしさ。

虫が鳴いてる／いま　ないておかなければ／もう駄目だというふうに鳴いてる

八木重吉

『貧しき信徒』(昭三)所収。三十歳にも達せずに結核のため没したこの詩人は、生前『秋の瞳』を刊行したのみだった。名声は死後になって生じ、急速に高まった。その詩の魅力は、いわば明日死ぬことをすでに知ってしまった人の、現在への切ない愛惜の情と、救いへの真剣な希望を歌い続けたところにあるだろう。この詩の題は「虫」。やや素朴すぎるほどの率直な二行がこれに続く。「しぜんと／涙をさそはれる」

人に勝《まさ》らん心のみいそがはしき
熱を病《や》む風景ばかりかなしきはなし
中《なか》原《はら》中《ちゅう》也《や》

詩集『山羊《やぎ》の歌』(昭九)の秀作「無題」の一節。「無題」は五つの詩から成る連作詩で、自分を捨てて去った愛人の、けれどもまっすぐな心をたたえ、みずからを責め、未練と悲傷を訴え、かと思えば兄のような心づかいを見せ、病む心の平安を希求するといった作だが、右に引いたような詩句にこめられた詩人の人生観は、作者のそういう体験から独立して、現代人の心の病いをまっすぐに衝《つ》いている。

樹脂の香に　朝は悩まし
うしなひし　さまざまのゆめ、
森竝《もりなみ》は　風に鳴るかな
中原中也

『山羊の歌』(昭九)所収。「朝の歌」と題する文語十四行詩第三連。作者自らが認めた詩的出発の作だった。当時作者は十九歳。一編全体は、寝床で目覚めたばかりの少年の視覚・聴覚・嗅覚にとらえられた外界の印象をえがきつつ、早くも少年詩人を染め上げている生の憂愁を歌っている。それでも「樹脂の香に　朝は悩まし」。若い生命力の自己主張がそこにはあった。

しゃべり散らすな　愛を
おもひきり胸には水をそそげ

逸見《へんみ》猶吉《ゆうきち》

『逸見猶吉詩集』(昭二三)の詩「蠅の家族」冒頭二行。昭和十年創刊の詩誌「歴程」創刊メンバー。青年が社会に対して抱くけわしい孤立感を核として、自分自身をたえず酷寒の精神状態に追いつめつつ、贅肉《ぜいにく》を削りおとしたことばで詩を書こうとした。右の二行にもその意志は明らかに表現されているように思われる。昭和十二年渡満、会社勤めをしたが、敗戦の翌年、肺患と栄養失調のため長春で死んだ。

寂しとや／哀しとや／むなしとや／されどなほ笛吹くことの候《さうらふ》に

深尾《ふかお》須磨子《すまこ》

詩集『牝鶏の視野』(昭五)所収の「笛吹き女」より。若くして夫を失い、大正十年その遺稿集を編んだ時自作詩をも付録につけたのがきっかけで詩作生活に入る。知的関心の幅が広く、さまざま新しい試みをした。右は昭和のはじめ三年間ほど滞欧した後で出した詩集に収めるが、意識的に古歌謡風な語り口をとり、詩人として生きてゆく心底の思いと決意をうたう。ちなみに作者は三回渡欧したが、パリで有名なモイーズについてフルートを習ったこともある。

暮《くら》しは分《ぶん》が大事です／気楽が何より薬です／そねむ心は自分より／以外のものは傷つけぬ

堀《ほり》口《ぐち》大《だい》學《がく》

『夕の虹』(昭三二)所収。明治二十五年東京生まれ、昭和五十六年没の詩人、翻訳家。与謝野寛の新詩社出身。外交官だった父九萬一について南米・欧州に十数年滞在、詩作と共に近代フランスなどの詩、小説の訳にうちこみ、大正末期以来の文学界に大きな影響を与えた。訳詩集『月下の一群』はあまりにも有名である。洒脱で諷刺と機智に富む詩の洗練ぶりは、現代詩の中で比類がない。この短詩は「座右銘」と題する。銘文の外見は軽いが、中味は重い。

一人の人が、／海ぞひの路をすたすた行く、／すたすたと、／何んと微妙な画だ。

福《ふく》田《だ》正《まさ》夫《お》

『福田正夫全詩集』(昭五九)所収。明治二十六年小田原市生まれ、昭和二十七年没の詩人。大正中期以降、詩誌「民衆」に集ったいわゆる民衆詩派の中心的存在だった。「画」と題する短詩。海辺の何気ない情景である。すたすたゆく人は軽やかだ。その軽やかさそのものを一編の詩にすくいとる。そこにこの詩の面白みがある。そういう目でながめてみると、最後の行がまさに微妙に生きていることに気づかされる。

をんなが附属品をだんだん棄てると
どうしてこんなにきれいになるのか。

高《たか》村《むら》光《こう》太《た》郎《ろう》

『智恵子抄』(昭一六)所収。妻智恵子賛美の詩「あなたはだんだんきれいになる」冒頭二行。昭和二年の作で光太郎四十五歳、智恵子四十二歳だった。彫刻家・詩人の暮らしは定収入がなく、よく無一文に陥った。智恵子は「つひに無装飾になり、家の内ではスエタアとヅボンで通すやうになつた。しかも其が甚だ美しい調和を持つてゐた」と光太郎はのちに「智恵子の半生」で回想している。

僕にとつてあなたは新奇の無尽蔵だ／
凡《すべ》ての枝葉を取り去つた現実のかたまりだ

高村光太郎

『道程』(大三)所収。大正三年一月号の雑誌「我等《われら》」に発表の詩「僕等」より。「あなた」は恋人長沼智恵子。二人は同年十二月に結婚する。高村は明治四十二年六月、三年半の欧米留学から帰国したが、家庭や社会環境の「旧体制」に反逆し、仕事に励む一方で退廃生活に積極的にひたった。智恵子を知って生活を一変させるが、この詩はその時期の作。礼賛が礼拝にまで達する至上の恋の宣言。

魁《まつさき》に文明を将来した写真館が　風景の中で古ぼけてゐる

安《あん》西《ざい》冬《ふゆ》衛《え》

『軍艦茉莉《まり》』(昭四)所収。「櫛《しっ》比《ぴ》する街景と文明」と題する短詩。詩の後に自注風に、(この飴色の街に、もう「市区改正」が到来してゐる)、と別組みの追加がある。作者は当時大連在住の青年詩人だったので、この風景も大連版文明開化後日談ということになろうが、現代の方が一層よく当てはまる街景も多かろう。しかし、古ぼけたものがまた逆にその美しさを見直される事もしばしばであるのが、現代文明の一つの特色である。

濡れてゐる牡牛／のなか／の寝台〃五月は／憂愁の眼に／緑を裂く

北《きた》園《その》克《かつ》衛《え》

『黒い火』(昭二六)所収。明治三十五年三重県生まれ、昭和五十三年没の詩人。俳句も作った。昭和初期の有名な詩文芸誌「詩と詩論」以来の活動で、現代詩における形式刷新に大きな役割をはたした。詩の各行の頭を「の」「は」などの助詞から始めるような書き方は特に印象的だった。右は詩「暗い室内」の一節。牡牛の体内には寝台などないと言ってしまえばそれまで。言葉の組み合わせが生む、現実から独立した影像美を追求したのである。

まことに、庭は庭なりに、新緑のなかで、一日の心を得てシーンと澄んでゐる。
菱《ひし》山《やま》修《しゅう》三《ぞう》

『望郷』(昭一六)所収。昭和四十二年(一九六七)、五十七歳で没した現代詩人。昭和初年代、詩と批評を一体化しようと努め、注目すべき詩業を示した。のち長らく病床にあり、自然界との親しい接触にあらためて目を向けていった。これは「庭前」という短詩の後半部で、「私の眼《め》は、他界から来たやうに、しづかに開く。――」に続く。庭は庭なりに「一日の心を得て」澄んでいるのだ、という発見。

人間は心を洗う手はもたないが
心を洗う心はおたがいにもっている筈《はず》だ
小《お》熊《ぐま》秀《ひで》雄《お》

『流民詩集』(昭二二)所収。詩「乾杯」の一節。「思いなやむな/暁の葉がこぼした/いってきの露を地が吸った/洗濯シャボンも使わぬのに/自然はいつもあんなにきれいだ」という詩句に続く。昭和十五年、戦時下の窮乏の中で、結核のため三十九歳で衰弱死した詩人の、晩年の詩である。毒舌と社会批評の痛快な詩を数多く書いた小熊は、この詩のような希望を最後まで持ち、歌った詩人だった。

縦《よ》し敵であつても彼等が食事してゐるのは
寂しいものである

田《た》中《なか》冬《ふゆ》二《じ》

『海の見える石段』(昭五)所収。「食事」という二行詩。直観的に了解するしかない詩で、「なぜ寂しいのか」と問うてみても仕方がなさそうだが、たぶん多くの人が同感する詩ではなかろうか。根本には、たとえ敵であろうと、生き物はすべて空腹には抵抗できないという宿命的な事実がある。食事している時は敵意さえも忘れている人間。小さな寂しい存在が、そこで口を動かしている。

あけびの実《み》は汝の霊魂《れいこん》の如く
夏中ぶらさがつてゐる

西《にし》脇《わき》順《じゅん》三《ざぶ》郎《ろう》

詩集『Ambarvalia《アムバルワリア》』(昭八)所収。八行の詩「旅人」の終二行。「汝カンシヤクもちの旅人よ」と意表をつく一行から始まる詩は、古代欧州を放浪する現代の旅人の歌という体裁の詩で、「汝は汝の村へ帰れ／郷里の崖を祝福せよ／その裸の土は汝の夜明だ」の呼びかけの後に右の詩句がくる。薄紫色のアケビの実が、山あいに「汝の霊魂の如く夏中ぶらさがつてゐる」ふしぎになまめかしい幻影。永遠的なるものへの郷愁。

（覆《くつがへ》された宝石）のやうな朝／何人《なんぴと》か戸口にて誰《たれ》かとさゝやく／
それは神の生誕《せいたん》の日

西脇順三郎

『Ambarvalia』（昭八）所収。明治二十七年新潟県生まれ、昭和五十七年没の現代詩人。題名のラテン語は実りの女神を祭る五月の「穀物祭」の意。この三行詩の題は「天気」という。ある晴れた日の、永遠を思わせる一瞬を写しとるには、表現の意外性が不可欠だった。カッコ内の澄み渡った朝を形容する句は、英詩人キーツの長詩から取り、本歌取りに似たやり方で自作の別の文脈に生かしている。

僕は暗い夜の荒蕪地《くわうぶち》を横ぎつてゆく。／僕の口にはぱいぷがある。／
ぱいぷの中には家族がゐる。

百《も》田《も》宗《た》治《そうじ》

『ぱいぷの中の家族』（昭六）所収。明治二十六年大阪市生まれ、昭和三十年没の詩人。大正中期のいわゆる民衆詩派の代表詩人だが、以後も意欲的に新進詩人と交流、新境地を開いた。この三行詩もその好例で、民衆詩派に連想される散文的で凝縮度の薄いスタイルではない。さてこの詩で「僕」が横切ってゆく荒地とは何だろう。「生活」でも「時代」でもあるだろう。「僕」はパイプをくわえてさも余裕ありげだが、その中には、養い育てるべき家族がいるのだ。

河は黒く——白い花を一輪、胸に灯してゐる。

丸《まる》山《やま》　薫《かおる》

『帆・ランプ・鷗』(昭七)所収。「黄昏」と題する一行詩。日没時の河、黒々としたその流れの上に、ふと見れば一輪の白い花が浮かんでゆらゆらとゆく。作者はその花を河の胸にともされた灯火と見たのである。丸山薫は昭和初期に隆盛となった新しい潮流の短詩運動に、同世代の北川冬彦、安西冬衛のように深くは関わらなかったが、こんな詩にはさすがに同時代の息づかいがある。そこにはまた戦争へ傾いてゆく時代の暗い叙情性もあった。

黙っていても／考えているのだ／俺《おれ》が物言わぬからといって／壁と間違えるな

壺《つぼ》井《い》繁《しげ》治《じ》

『果実』(昭二一)所収。「黙っていても」と題する短詩。同じ詩集に「地球の歌」という短詩もある。「地球の上に立って／地球のことを考えた／たまたま暗夜だったので／真黒い地球だった」。どちらにも、詩人自身の心境の表現を通じて彼を取り巻く時代の重圧感がにじみ出ている。左翼運動で投獄や転向体験をもつ詩人の、戦争末期ごろの作だろうか。個人的体験の枠を越えて迫る力がある。

あはれ花びらながれ／をみなごに花びらながれ／
をみなごしめやかに語らひあゆみ

三《み》好《よし》達《たつ》治《じ》

詩集『測量船』(昭五)所収「甃《いし》のうへ」冒頭三行。花を何の花と特定して言ってはいないが、「花びらながれ」とあれば桜以外ではありえない。「うららかの跫《あし》音空にながれ／をりふしに瞳をあげて／翳《かげ》りなきみ寺の春をすぎゆくなり」。優しい日本語の中にとらえられた「をみなご」(女子)の風情は美しい。今でもこういう「をみなご」が道をゆくことで、はじめて春がこの風土の中へ本当にやってくる。

鵞《が》鳥《てう》。――たくさんいつしよにゐるので、自分を見失はないために啼《な》いてゐます。

三好達治

『測量船』(昭五)所収。「春」という詩の前半。後半は「蜥蜴《とかげ》。――どの石の上にのぼつてみても、まだ私の腹は冷めたい。」『測量船』は昭和初期の名詩集として有名だが、収録されている詩は多種多様な試みの跡を示し、意外なほど一貫性に欠けている。その中に、このような愛らしい小品もある。ルナールの影響も言われるが、作者は当時俳句もたくさん作っていた。口調は軽やか、しかし視線は意外なほど孤独。

ハナニアラシノタトヘモアルゾ

「サヨナラ」ダケガ人生ダ

井伏鱒二《いぶせますじ》訳、于武陵《うぶりょう》

『厄除《やくよ》け詩集』(昭一二七)所収。晩唐の詩人于武陵の五言絶句「勧酒」の後半部。前半は「コノサカヅキヲ受ケテクレ　ドウゾナミナミツガシテオクレ」。作家井伏鱒二は昭和十年代の詩誌「四季」同人として、時折り秀逸な詩を発表する一方、このような中国詩の闊達な訳で人々をあっといわせ、いずれも愛誦された。右の原詩訓読文は「花発《ひら》いて風雨多し。人生別離足る」というので、語調も内容もむしろ固い。もって自在な訳詩の妙を知るに足る。

ああ　蛸《たこ》のぶつ切りは臍《へそ》みたいだ／われら先《ま》づ腰かけに坐りなほし／静かに酒をつぐ／枝豆から湯気《ゆげ》が立つ

井伏鱒二

『厄除け詩集』(昭和一二)所収。明治三十一年広島県生まれの小説家・詩人。昭和十年代に詩誌「四季」同人だった。自作詩のほか、中国の詩の独特な訳もある。これは「逸題」という詩の一節で「新橋よしの屋にて」と注する。「春さん蛸のぶつ切りをくれえ／それも塩でくれえ／酒はあつ498いのがよい」。なじみの飲み屋で独り簡素に酒をくむ、男の宵のささやかな楽しみ。「ああ　蛸のぶつ切りは臍みたいだ」という表現に飄逸な味がある。

指呼《しこ》すれば、国境はひとすぢの白い流れ、／高原を走る夏期電車の窓で、／貴女《あなた》は小さな扇をひらいた。

津村《つむら》信夫《のぶお》

『愛する神の歌』(昭一〇)所収。明治四十二年神戸生まれ、昭和十九年没の詩人。兄秀夫の影響で詩を書き始め室生犀星に師事、「四季」の新進詩人となる。「小扇」と題する三行詩の全文。「嘗《か》つてはミルキイ・ウェイ(銀河のこと)と呼ばれし少女に」という副題がある。「国境」はコッキョーの方が調べはいいが、作られたのは日本なのだから、この語の意味するのはクニザカイだろう。信州の夏の叙情小景。淡彩の美が取り柄である。

僕ですか？／これはまことに自惚《うぬぼ》れるようですが／びんぼうなのであります。

山之口《やまのぐち》獏《ばく》

『定本山之口獏詩集』(昭三三)所収。明治三十六年沖縄県那覇生まれ、昭和三十八年没の詩人。「貘さん」の愛称で親しまれた。大正末上京、多年放浪と貧乏の生活だったが、詩は決して卑屈に堕さず、辛口の笑いと哀愁において独自だった。これは「自己紹介」という詩の後半。前半は「ここに寄り集った諸氏よ／先ほどから諸氏の位置に就て考えているうちに／考えている僕の姿に僕は気がついたのであります」。

草にねころんでゐると／眼下には天が深い〳〵風／雲／太陽／
有名なもの達の住んでゐる世界

山之口　貘

『思弁の苑』(昭一三)所収。「天」という詩の前半。「眼下には」云々は、世界をいわば逆さまにして見たのである。そこで発見した風・雲・太陽などを容れた天を、「有名なもの達の住んでゐる世界」と言っているのは気がきいている。そんじょそこらの有名人や有名物より、風も雲も太陽も、本当の意味で有名なものたちだもの。ただし作者は、詩の後半で、天があまりに深いので、こわくなって土へ潜りこみたくなる、とも書いている。単純な天の讃歌ではない。

おもふこと。――あゝ、けふまでのわしの一生が、そつくり欺《だま》されて
ゐたとしても〳〵この夕栄《ゆふばえ》のうつくしさ。

金《かね》子《こ》光《みつ》晴《はる》

『非情』(昭三〇)所収「老いたるドン・ジュアンの唄へる」の一節。明治二十八年愛知県生まれ、昭和五十年没の詩人。大正文化の独特の豊かさに培われた自由主義と批判精神をもって、昭和時代の現代詩に偉大な足跡をしるした。これは老いたドン・ジュアンに自らを擬しての述懐のひとくさり。むかし鳴らした伊達男、粋と意気とは死ぬまで忘れず、ぼろをまとって世に立ちむかい、女の裏切りによって殺されるのも辞さないといでたつ、門出の際のひとこと。

部屋にはこおろぎがいるのに／なぜこおろぎの話をしないのか／
この部屋の人達《ひとたち》はみんな女の話ばかりする

村《むら》上《かみ》昭《あき》夫《お》

『動物哀歌』(昭四三)所収。昭和二年岩手県生まれ、昭和四十三年没の詩人。戦後シベリアに抑留されること二年。帰国後まもなく結核を発病し、長い闘病生活の後没した。詩集は『動物哀歌』一冊を遺したのみだが、さまざまな動物の生と死をうたうことを通して、人間世界をじっと見つめるまなざしには、澄みきった哀しみがある。右の詩がとらえている情景は、多くの男にとって覚えのあるものだろう。こおろぎの鳴き声に乗ってやってくる詩の声は、痛烈。

耳へ／愚かな涙よ／まぎれこむな／それとも耳から心へ行こうとしているのか

高《たか》見《み》順《じゅん》

『死の淵より』(昭三九)所収。明治四十年福井県生まれ、昭和四十年没の作家・詩人。食道癌と闘いつつ書いた晩年の多数の詩は、高見順の文学的生涯の一頂点をなすものである。これは「愚かな涙」と題する四行詩。「耳へ」は意味上は「まぎれこむな」へつながる。病床で無念さに涙する日の呟きだが、祈りの静けささえ感じられる。耳へ伝い落ちる涙よ、愚かなやつ、耳の穴へ迷いこんで。それともおまえは、その通路からそっとおれの心へ還ろうというのか。

自分の眼はいま／まるで節穴だ／なにも見てない〃それでも光が節穴に入ってくる

高見　順

『樹木派』（昭二五）所収。高見順は異例なほど詩を愛した散文作家だった。晩年の豊かな詩作品は、詩が彼にとってまさに大いなる救いだったことを物語っていた。彼は人生の危機的瞬間にも、平明な語り口で、癌と共に生きる自分の精神の旅路を読者に共にたどらせるだけのゆとりを見せた。右は詩作初期の第一詩集の一編。題は「光」。この光は、最晩年の彼の詩にも差しこんでいたものだろう。

空は
われわれの時代の漂流物でいっぱいだ

田《た》村《むら》隆《りゅう》一《いち》

詩集『四千の日と夜』（昭三一）所収。「幻を見る人」という詩の中の二行。同じ詩のうしろの方には、「野のなかに小鳥の屍骸があるように　わたしの頭のなかは死でいっぱいだ」という一行もある。第二次大戦後、各地で依然動乱が続いていたころの時代感情がうたわれている。時代の漂流物がいっぱい漂う空とは、もちろん詩人の脳裏の空だったが、わずか数十年後の今、空にはまさしく漂流物がごろごろしている。

死は異様なお客ではなく／仲のよい友人のように／
無遠慮に食堂や寝室にやって来た

黒田《くろだ》三郎《さぶろう》

『時代の囚人』(昭四〇)所収「死のなかに」より。大正八年広島県生まれ、昭和五十五年没の詩人。戦後「荒地」派を結成し活躍した。「死のなかに」は南方戦線回想の詩。詩では「酔漢やペテン師／百姓や錠前屋／偽善者や銀行員／大喰らいや楽天家」の入り混じる将兵集団が、陣中では「死のなか」で一体になって暮らしていたが、生を得て故国にやっと引き揚げた後は、散り散りになり、一人一人不如意・不運にまみれて生きてゆく。詩人自らもその一人で。

朝の水が一滴、ほそい剃刀《かみそり》の／刃のうえに光って、
落ちる——それが　一生というものか。

北村太郎《きたむらたろう》

『北村太郎詩集』(昭四一)所収「朝の鏡」より。大正十一年東京生まれの「荒地」派詩人。死と荒廃と憂愁の情緒を強い心象喚起力をもつ表現で歌った。人生観に諦念の影が濃いことは引用からも明らかだろう。イギリス二十世紀の詩人T・S・エリオットは、「コーヒーのさじで、おれはおれの一生を測ってしまった」と歌う男を描いたが、日本の戦後派詩人は、同じ幻滅感情を、剃刀の刃に宿って落ちる水滴に託す。

私の眼は壁にうがたれた双ツの穴
夢は机の上で燐光のやうに凍つてゐる

三好《みよし》豊一郎《とよいちろう》

『囚人』(昭二四)所収。大正九年東京府八王子市生まれの詩人。戦後初期の詩運動に歴史的な位置を占める「荒地」の一員だが、この二行を含む詩「囚人」は、戦中に書かれ戦後発表された。「真夜中、眼ざめると誰もゐない」に始まる詩は、囚われ人の孤独に託して、戦中の青年の閉ざされた心情を描き、戦後詩の一代表作となった。眼や夢の比喩は凝固して暗いが力強い。力強いがやはり暗い。

おれたちはみな卑怯者《ひきょう》だ、／百円の花を眺めて百万人の飢《う》え死《じに》を忘れる

中桐《なかぎり》雅夫《まさお》

『会社の人事』(昭五四)所収。上記詩集は広く世間に知られ、時に新聞などにも引かれる。戦後詩第一陣の「荒地」派の一人で、日本人の大多数を占める小市民階級の内側にいながら、小市民意識を批判、諷刺、攻撃するこの詩集、全編十四行詩という形式的安定感もあって、詩壇外にも読者を得た。「卑怯者」と題する十四行詩の冒頭二行。「頭が軽いので重いヘルメットをかぶる」という別の行もある。

心がうらぶれたときは　音楽を聞くな。／空気と水と石ころぐらいしかない所へ／そっと沈黙を食べに行け！

清《きよ》岡《おか》卓《たか》行《ゆき》

『四季のスケッチ』(昭四一)所収。大正十一年大連生まれの詩人・作家。四行詩「耳を通じて」の三行目半ばまで。「遠くから／生きるための言葉が、谺《こだま》してくるから。」という重要な結語があとに続く。心うらぶれた時は音楽に慰めを求めに行くな、むしろ荒野にそっと沈黙を食べに行け、という。逆説ではない。うらぶれに徹することにより「言葉」の再生に賭けようという願いである。ちなみに作者はその詩や小説でも知られるように、大の音楽好き。

目々しい目／耳っ血い耳／鼻々しい鼻／性々洞々／すてきなステッキ／すて毛なステッ毛

那《な》珂《か》太《た》郎《ろう》

『音楽』(昭四〇)所収。これは何じゃ、と仰天する人もいよう。作者は現代詩人中最も深く日本古典詩の世界に沈潜している詩人の一人である。その人が日本語の特性である同音異義語の多さを利用して、こういういたずらをしてみせた。題は「〈毛〉のモチイフによる或る展覧会のためのエスキス」。全五章の最後の一章。言葉というものは、こういう遊びもできる、その意味でとびきり面白い道具である。

そこには夜のみだらな狼藉《らうぜき》もなく
煌煌《くわうくわう》と一個の卵が一個の月へ向つてゐる

吉《よし》岡《おか》　実《みのる》

『静物』(昭三〇)所収。大正八年東京生まれの詩人。少年期、俳句・短歌に親しみ、それぞれ実作もあるが、新傾向の現代詩にひかれて詩に転じた。戦中の五年間、輜重《しちょう》兵として満州各地を転戦、戦後『静物』『僧侶』などの詩集で一躍存在を知られるに至った。日常の中に戦慄的な超現実《モダニズム》風景を透視する独自な詩風だが、それを実現する手腕は、この「静物」の一節にも鮮かに見られるような素描力による所が大きい。

あらゆる争いの／圏外にありたいねがい。／そして　怒りの感情は／
なおも心臓ふかく突きささる。

飯《いい》島《じま》　耕《こう》一《いち》

『何処へ』(昭三八)所収。昭和五年岡山市生まれの詩人。人間は感受性をむき出し状態にして社会に生きるには、あまりに傷つきやすい存在だが、どれほど防いでも心は傷を負う。あらゆる争いの圏外にありたいと願っても、それは所詮許されない。かくて沈黙はしばしば怒りの嵐を秘める。この詩句はそのような心の機微を、現代の詩の言葉に刻みこんでいる。幸福な表情の詩句ではない。それがむしろ共感を誘うこの現代という時代。

九分九厘《くぶくりん》までの忘却が一人の五十男を
からうじて支へてゐる

入沢《いりさわ》康夫《やすお》

『死者たちの群がる風景』(昭五七)所収。昭和六年島根県生まれの詩人。かつて島崎藤村は自分の詩を語って「おぞき苦闘の告白」だとのべた。入沢康夫の詩はそういう告白型の叙情詩と真向から対立する、虚構の物語性に立脚した「擬物語詩」の方法で書かれている。現代最も実験的な詩風といえるが、そのような詩の中でこういう痛切に内省的な詩句に出会うのは、詩の面白みを一層増す。

わたしはここでもひとりなので
ひとりであらゆる幻《まぼろし》の途《みち》にむかって身を投げる

渋沢《しぶさわ》孝輔《たかすけ》

『不意の微風』(昭四二)所収。昭和五年長野県生まれの詩人。「スパイラル」と題する詩の一節。一人一人の人間にはどうあがいても脱出できないおのれ自身の過去がある。この詩句はそれをねじくれ曲がった道の幻のうちに思い描き、その道の先端にほかならない「現在」という地点に立って、なお「ひとりであらゆる幻の途にむかって身を投げ」ようとする心の孤独なさまよい、渇きを歌う。まことに、千人の人がいれば千本の「幻の途」。

昨夕の水たまり。天にも帰れず、地にももぐれず、恥ずかしそうなカオしている。

杉《すぎ》山《やま》平《へい》一《いち》

『杉山平一全詩集』（平九）所収。昭和初年代、三好達治、丸山薫、立原道造らが拠った詩誌「四季」の、期待の新人として詩集『夜学生』（昭一八）を出した詩人。映画批評家としても活躍してきた。新たに全詩集を編むに際して集めた未刊詩編中「エスキース」集の、「水たまり」と題する一編。こんな小編にも、「四季」時代の詩の作り方、語り口を見出して、懐かしく思う人もかなりいるだろう。

歪《ゆが》んだり／潰《つぶ》れたり／ぐちゃぐちゃになったり／これは水に映った町／ではないのか

杉山平一

『詩集・阪神淡路大震災』第二集（平八）所収「町」より。宝塚市在住の詩人の目に映じた一九九五年一月十七日の大震災後の「町」の光景。全八行の詩の冒頭五行。一行あいて「風よ吹くな／ひとよ、石を投げるな∥水面が端正にしずまるまで」と続く。現に目の前にある現実の町が、まるで「水に映った町」のように歪んでいる信じられぬ光景。水面は「端正に」静まったただろうか。否。歪みはますます深まっている。

土管のなかをのぞいて待っていた
遂にゴリラが入ってきた

藤《ふじ》富《とみ》保《やす》男《お》

『魔法の家』(昭三九)所収。奇想天外なものは時に恐怖をひき起こすが、またしばしば笑いを生む。この詩人は現代詩人随一の奇想の詩の作者。すでに何冊もの詩集でその幅の広さを示したが、引用の詩は「土」と題され、二行だけで完結している。この種の笑いは意外性、突発性から生じる。なぜこういう言葉を読むと、多くの人が即座に笑いの衝動を感じるのか。思えば笑いとは不思議なものだ。

カマキリが水を飲んでゐた!
獣たちが水を飲むときそつくりの優しい表情で

安《あん》西《ざい》均《ひとし》

詩集『金閣』(昭五三)所収。「まろやかな水」の冒頭二行。作者は夕暮れのビアホールにいる。テレビ画面にたまたまカマキリが映る。黍《きび》の葉にたまったまろやかな露を、高々と前肢を折って飲みほしている虫。かれらは「痩せた喉に〈アダムの林檎〉をひくひくさせてるみたいだ」。作者は自問する、「われわれは　いつ　かくも静謐《せいひつ》に渇きを医《いや》しえたか」と。虫もさることながら、水も限りなく偉大。

黙っていた方がいいのだ／もし言葉が／言葉を超えたものに／
自らを捧げぬ位なら

谷《たに》川《かわ》俊《しゅん》太《た》郎《ろう》

『あなたに』(昭三五)所収。昭和六年東京生まれの詩人。戦後間もないころ『二十億光年の孤独』一冊を片手にさっそうと登場して以来、この詩人が孤独な魂の密室でつむいできた言葉の織物は、人々との間にまことに多彩な懸け橋をかけてきた。しかし彼の詩の根源には、ここに見られるように、言葉は実は「言葉を超えたもの」のもつ沈黙の豊かさに自らを捧げるからこそ、言葉なのだという信仰がある。そこには、おしゃべりにみちた現代への拒絶がある。

やんまにがした／ぐんまのとんま／さんまをやいて／あんまとたべた

谷川俊太郎

『ことばあそびうた』(昭四七)所収。二連の詩の第一連。続きは「まんまとにげた／ぐんまのやんま／たんまもいわず／あさまのかなた」。有名な「ことばあそびうた」の最も早い時期の作の一つ。題は「やんま」。日本の国語教育、とくに学校におけるそれは、言葉の「意味」ばかり問題にするから、生徒は飽きる。その終点が入試。作者の試みは逆に、音韻の働きの面白さ、重要性への開眼をうながす。

星はこれいじょう／近くはならない／それで　地球の草と男の子は／いつも　背のびしている

岸田《きしだ》衿子《えりこ》

『あかるい日の歌』(昭五四)所収。同じ詩集の他の四行詩に「なぜ　花はいつも／こたえの形をしているのだろう／なぜ　問いばかり／天から　ふり注ぐのだろう」という詩がある。平易な言葉で自然に対するある深い内省的な感情を語る点で、この詩人ほど澄明な詩法をもっている人も少ない。ここに掲出した詩も、いわば「あこがれ」という感情の明るい造形である。でも、背のびするのは男の子だけ？

犬も／馬も／夢をみるらしい／／動物たちの／恐しい夢のなかに／人間がいませんように

川崎《かわさき》洋《ひろし》

『祝婚歌』(昭四六)所収。昭和五年東京生まれの詩人。「言葉好き」という形容があるとすれば、この詩人などまさにそれにふさわしい人だろう。泳ぐ魚を素手でつかむように日本語をつかみとり、その実感をいきいきと詩に盛るのが巧みである。これは「動物たちの恐しい夢のなかに」という題の詩の全文。ありふれた日常用語で書かれた詩だが、中にこめられた祈りは優しく、そして鋭く読む者の心をうつ。

言葉は／言葉に生まれてこなければよかった／と／言葉で思っている

川崎　洋

『川崎洋詩集』(昭四三)所収。「鉛の塀」と題する九行の詩の冒頭四行。後半を見れば、この詩がいかに「言葉」の本質にふれている詩か分かるだろう。それはこう続く。「そそり立つ鉛の塀に生まれたかった／と思っている／そして／そのあとで／言葉でない溜息を一つする」。言葉を主人公にして、これは何とも巧妙かつ軽やかに、一つの言語論を語り尽くした詩である。最終行の落ちのみごとさ。

魚たちは　夜／自分たちが　地球のそとに／流れでるのを感じる

中江《なかえ》俊夫《としお》

『魚のなかの時間』(昭二七)所収。原作「夜と魚」は十四行の詩。上記の詩集は、作者が弱冠十八歳の大学生の当時自費出版したもの。その後、言語破壊的な相貌《そうぼう》を呈する実験的な詩集『語彙《ごい》集』などもあるが、詩の発生現場をさっと盗み撮りしたようなういういしい感覚は、作者の初期の詩から一貫している。この詩では、夜の魚たちは、「地球のそとに流れで」たようになり、自分に出会うための旅の途中にあるよう。

なぜだろう／萎縮《いしゆく》することが生活なのだと／おもいこんでしまった
村と町／家々のひさしは上目づかいのまぶた

茨《いばら》木《ぎ》のり子《こ》

『対話』(昭三〇)所収「もっと強く」の一節。大正十五年大阪生まれの詩人。作者は戦後いち早く登場した女性詩人の一人で、社会環境に対する批判精神の旺盛さ、詩風の爽かさで注目された。わけても、戦中・戦前の日本の女性(そして男性も)が強いられてきたさまざまの「萎縮」からの脱出と飛翔をよびかける若々しい詩で共感をよんだ。現代短歌や俳句の場合と同様女性の活躍がめだちはじめた現代詩の世界で、ひときわ切れ味、歌い口が鮮やかな詩人である。

自分の感受性くらい／自分で守れ／ばかものよ

茨木のり子

『自分の感受性くらい』(昭五二)所収。以前〔『新折々1』一七六頁〕にもこの詩(三行六連)の別の部分を引いたことがある。作者は一九五〇年代初頭以来、素直かつ大胆に若々しい声をあげた女性詩人の筆頭だった。この小気味よい叱咤《しった》激励の詩句で「ばかものよ」と叱《しか》られているのは、まず第一に自分自身だろう。ぱさぱさに乾いてゆく心を、他人や時代環境のせいにするな、というこの叱咤が、昔も今も読者の共感を得ているのは嬉《うれ》しい。

自分の手で、自分の／一日をつかむ。／新鮮な一日をつかむんだ。

長田《おさだ》弘《ひろし》

『食卓一期一会』(昭六二)所収。昭和の終わるころに出た詩集。現代詩の気鋭の詩人で、詩集題名が示すように、日常生活の中でも最も大切な主題である食事に徹頭徹尾つき合いつつ、その日常性をいわば神話の位置に高めてしまおうとする。右の詩句を冒頭に置く詩は六行四連。題は「ふろふきの食べかた」。ふろふき大根の作り方を詩にしたような語法で、実は「自分の一日」をおいしく作る方法を考えた、機智に富む詩。

今夜、きみ／スポーツ・カーに乗って／流星を正面から／顔に刺青《いれずみ》できるか、きみは！

吉《よし》増《ます》剛《ごう》造《ぞう》

『黄金詩篇』(昭四五)所収。昭和十四年東京生まれの詩人。現代詩の世界ではよく六〇年代詩人、七〇年代詩人といった呼び名が使われる。西暦で十年ごとに区切るこの分類法は、ある意味ではまったく偶然にすぎないが、奇妙なことに当たっている場合が多い。この作者は六〇年代詩人で、同時に現代詩全体の最も活動的な一人である。生きのいい現代風俗を自由に素材としながら、文明の外にはみ出て宙をゆく魂の孤独な旅、そして渇望を歌う。

夕星《ゆふづつ》は　かがやく朝が八方に散らしたものを　みな　もとへ　連れかへす。
呉茂一《くれしげいち》訳、サッポー

紀元前七世紀レスボス島に生まれた有名なギリシャ女流詩人の作中、わずかに残る短唱の一つ。右に続けて「羊をかへし　山羊をかへし　幼な子をまた母の手に連れかへす」と歌う。早く明治時代に上田敏による訳もある。夕暮れ、空に光り始める星の静かな輝き。「朝が八方に散らしたものを」再び集め束ねるものとして夕星をとらえているのが美しい。古代西洋の一女流詩人の見方だが、今もって新鮮である。

絶滅のあら野に我等立てるひととき、
生の泉にうまし水むすぶ束の間《つかま》
森亮《もりりょう》訳、オーマー・カイヤム

『ルバイヤット』第三十八歌より。森亮訳詩集『晩国仙果I』(平二)所収。中世ペルシャ詩人のこの四行詩集は、十九世紀の英国文人フィッツジェラルドの名訳を得て、全世界に無数の愛読者をもつ幸運に恵まれた。ここに流れている無常観・運命観は、イスラム世界のものだが同時に普遍的でもある。日本でも明治時代以来多くの訳が行われ、流麗な森亮訳を得て、真に日本語世界のものとなった。

自分の知っていることは自慢し、／知らないことに対しては／高慢に構える者が少なくない

高橋健二《たかはしけんじ》訳、ゲーテ

『ゲーテ格言集』（高橋健二訳）。文豪ゲーテは詩、戯曲、小説、自然科学の論文その他膨大な作品を書いたが、短文の格言や警句も好んで書いた。『格言と反省』はその代表作だろう。右に掲げたのもそこから。まさにぴったりな人間観察が語られている。ほかにも「人間がほんとに悪くなると、人を傷つけて喜ぶこと以外に興味を持たなくなる」「私があやまつと、だれでも気づく。うそをつくと、だれも気づかない」。

一人の伴侶《はんりよ》もなくそこに槲《かしは》は育つて、言葉の如く、歓《よろこ》ばしげな暗緑の葉を吐いてゐた。

有島武郎《ありしまたけお》訳、ホイットマン

有島武郎訳『草の葉』より「私はルイジアナで一本の槲の木の育つのを見た」の一節。ホイットマンは大正の半ばごろから日本でも広く愛読された。アメリカ民主主義思想の代弁者と仰がれた面もあるが、彼の詩は制度としての民主主義をはるかに越えて「自己」を歌う偉大な詩だった。この詩は孤独な一本の巨木に対する親愛を歌いつつ、人間の及びもつかぬ雄大さをもつ樹木を讃嘆する。有島の訳も厚味のある名訳。

また本《ほん》か。恋しいな、
気障《きざ》な奴等《やつら》の居ないとこ

上田敏《うえだびん》訳、ラフォルグ

詩集『牧羊神』(大九)所収。フランス十九世紀末の詩人ジュール・ラフォルグの詩「ピエロオの詞」の一節。右に続く行にいわく、「銭《ぜに》やお辞儀の無いとこや、無駄の議論の無いとこが」。敏は訳詩集『海潮音』(明三八)で明治の新詩に一大転機をもたらしたが、没後刊行された『牧羊神』のラフォルグ、グールモン、フォールらの訳詩は、ぐっとくだけた語調に清新な魅力が溢れている。敏といえば『海潮音』だけをあげるのは一面的というべきだろう。

山のあなたの空遠く
「幸《さいはひ》」住むと人のいふ。

上田敏訳、カール・ブッセ

『海潮音』(明三八)所収。今でもこの詩句は多くの人の記憶に留まっていよう。『海潮音』の数ある苦心の訳業の中で、訳者上田敏にとってはむしろ手すさびだったかもしれないこの小曲が、皮肉にも最も愛誦されるものとなった。これは全六行の冒頭二行。以下、「噫《あゝ》、われひとゝ尋《と》めゆきて、／涙さしぐみ、かへりきぬ。／山のあなたになほ遠く／「幸」住むと人のいふ。」若き日の牧水も犀星も愛誦愛吟したことが知られている。

私の耳は貝のから
海の響《ひびき》をなつかしむ

堀口大學訳、コクトー

訳詩集『月下の一群』(大一四)所収。二行詩。題は「耳」。この訳詩集の出現は当時の詩界に鮮烈な感銘を与え、昭和時代に入っての新世代の詩の形成に大きな影響を与えた。明治期からすでに知られていた十九世紀の西欧詩人らと並んで、とくに二十世紀フランスの新詩を多く紹介した。コクトーもその一人で、「耳」はとりわけ愛誦された。耳と貝がらの形態上の暗合が開く大きな海への扉。翻訳であることを忘れさせる日本語の、自然で高雅な美しさ。

シャボン玉の中へは/庭は這入《はい》れません/まはりをくるくる廻つてゐます

堀口大學訳、コクトー

『月下の一群』(大一四)所収。近代訳詩集の白眉である『月下の一群』、中でも有名な作の一つがこれ。同じコクトーの「私の耳は貝のから　海の響をなつかしむ」とともに、欧州短詩の優しくも懐かしい響きを伝える名品である。何の理屈もなしに詩人の機智が楽しめる。それを可能にしたのは、訳者がこの訳詩集の中で書いている「原作者の気稟《きひん》を最も直接に伝へ得る日本語を」という意欲と、その成功にあった。

解説——「折々のうた」という宝

蜂飼　耳

1

「折々のうた」は、大岡信が朝日新聞に連載した詩歌をめぐるコラムだ。古典詩歌から現代詩歌まで、さまざまな詩集、歌集、句集から、さらに翻訳詩なども含めて、幅広い視野のもとに選ばれ、切り取られた詩句の一節が毎回、掲げられる。そこに、評釈と解説をまじえた文章が、付けられるというよりは掲げられた詩句とある意味で対峙するようなかたちで綴られる。詩歌の魅力をコンパクトに伝える人気コラムだった。

一九七九(昭和五四)年一月二五日から二〇〇七(平成一九)年三月三一日まで、およそ三〇年間、休筆期間を挟みながら計六七六二回にわたって続けられた。この連載回数は、詩歌のコラム欄としては驚異的だ。新聞紙上では一回分の字数は一八〇字。岩波新書にまとめられる段階では、当然のことながらレイアウトは新書向けに変更され、一回の字数は二一〇字になった。それに従って多少の修正と加筆がおこなわれる場合もあり、初出とはやや異なる部分を含みながら成立した内容が岩波新書版だ。

連載当時は、ある段階から一年分ずつ、一冊にまとめられて刊行された。この新書のシリーズにおいては、『折々のうた』一〇巻及び総索引の別巻と、『新 折々のうた』九巻及び総索引の別巻が刊行された。しかし年月が経つにつれ品切れとなり、残念ながら入手困難な状態が続いていた。それとともに、「折々のうた」によって築かれた世界が読者から遠ざかっていったことは否定できない。

だが、大岡信の没後、その仕事が再び注目され、読み直されることとなった。品切れの状態だったいくつかの書物が再び刊行された。その一連の流れの中でこの度、まったく新たな方針のもとに『折々のうた』選(全五巻)が刊行される運びとなった。俳句が二巻、短歌が二巻、そこに詩と歌謡から成る一巻を加えた全五巻という構成だ。

本書は、その五巻目にあたる。詩と歌謡を収録する。「折々のうた」の世界をもう一度読者の手に、というこの企画は、いま「折々のうた」を刊行し直すならばどういう方向性が可能なのか、さまざまに検討した結果、辿りついた一つの方法だ。

2

このコラムを朝日新聞に連載するにあたって、大岡信は、どのような考えを持っていたのだろうか。まずはそこから考えたい。一九八〇年三月に刊行された、連載の最初の一年分を収録する岩波新書の「あとがき」で著者は、新書の広告用に書いた言葉として、次の文章を引いている。

自家宣伝めくことを思いきって言わせてもらえば、『折々のうた』で私が企てているのは「日本詩歌の常識」づくり。和歌も漢詩も、歌謡も俳諧も、今日の詩歌も、ひっくるめてわれわれの詩、万人に開かれた言葉の宝庫。この常識を、わけても若い人々に語りたい。手軽な本で。新聞連載は続くが、まず一年分をまとめる。

広告文だから、という理由で語調が強めなのかもしれないが、いま読んでも、著者の意気込みが伝わってくる。「日本詩歌」という言葉は、いまなら「日本語詩歌」と書かれるほうがふさわしいかもしれない。「常識」「ひっくるめて」「われわれの詩」「若い人々に」といった言葉が目に残る。これらの言葉から、企画にこめられた意図と願望を再確認させられる。「あとがき」では、この広告文の直後に、次のように書かれている。

日本の詩の歴史を、短歌、俳句、近代以降の詩という三つの分野について見るだけで足れりとしがちな世の「常識」を、私は大いに疑問とする。そういう「常識」がいかに貧寒で、自らを卑しめるものでもあるかについて、及ばずながら語りたいと思う。その上で私自身は、私の「現代詩」をこれからも書いていくつもりである。

注意して読もう。あることに気づく。著者は「折々のうた」の連載を進めながら自分の「現代詩」を書いていくつもりだと、ここに宣言しているのだ。自分の詩を書くこと、つまりその歩み方について、「折々のうた」の向こうに、思い描いている。別の言い方をすれば、「折々のうた」を考えることが同時に自分の詩を考えることにもなっている。詩の書き手である以上、何をするにせよ、最終的にはそれらすべてが詩へ戻っていく、というのは自然な動きだろう。詩から始まり詩に終わる、という構図だが、大岡信はそれをたびたび自分自身に確認しているように見える。

古典詩歌について批評を書くたびに、それを書いたことによっていかなる変化が自分の詩にもたらされるのかを、地図上の地点を確かめるように、確認しているようだ。批評を多く執筆し、それとともに詩作品の執筆がある、というスタイルが大岡信においては長年貫かれたが、いうまでもなく、批評の執筆と詩作品の執筆には往還と呼ぶべき関係があり、それは他の書き手には真似のできないスタイルだった。

極端な見方をするなら、「折々のうた」は全体として大岡信の詩だ、ということが可能ではないかとさえ思う。このように思ってしまうことが妥当かどうか、迷いながらも、そんな思いが去来する。「折々のうた」について、同じ新書の「あとがき」の中で、「言葉の織物」という表現が使われている。

そこにでき上がる言葉の織物が、日本語で書かれた詩というものの全容を思いみる上で、ひとつの見本帖のごときものになり得ていたらどんなにいいだろう。

さらに、たとえば『新 折々のうた 総索引』(二〇〇七)に収録された講演「〝折々のうた〟と連句の骨法」では、このタイトルからも一目瞭然だが、連句のイメージが述べられている。「実際に句を作ることと、すでにある歌を選ぶということとの違いはありますが、やり方は連句のでき上がっていく過程と似かよっていると思います」。詩句が連なっていくとき、その連なりの奥から見えてくるものがある。言葉の共鳴から生まれる場への反応が、このように記される。

新聞連載なので、日ごとに季節は移り変わる。時季に合った言葉を選んで、前後への目配りをしながら決めていくという行為、つまり、季節や詩歌の蓄積という大きな枠組みに接しながらも、判断と選択の場としてはまったく個人に属する行為が、長年にわたっておこなわれたことになる。

全部がどこかでつながっているように並べていくつもりですから、一年間、三百六十五日が自分の頭と目の両方で見えることが望ましい。そのようにしておけば、読んでいる人は毎日々々読み捨てでいいのですが、自分自身の問題として、張り合いがそこにあるわけです。全部終わったときには、何百人かの作者によって作られた短い詩がずうっと並ぶわけです。（前掲書）

これはかなり孤独な作業ではないだろうか。著者にとっては「頭と目の両方で見える」状態にある選定と執筆が、読者にとっては「読み捨て」であっても構わない、把握しかねるもの、わからないものになっていてもいい、というのだから。こうした見取り図を講演で語ることで、さらなる孤独を呼びこむ瞬間を、大岡信は繰り返し体験しただろう。

多数へ向けての、個人的な作業の積み重ね、といった印象がある。現在、残されているものは、この個人的な作業の結果であり、それを今後へどのように引き継ぐことが可能かを探るといった課題が、いま「折々のうた」とともにある。

いったい、大岡信はなぜ「折々のうた」の連載をそこまで長年にわたって続けたのだろうか。一つには、もちろん、詩歌の宝庫が膨大であり、どれだけ続けようと紹介しきれないから、という理由があるはずだ。連載の方法については、途中から、二年連載したら一年休筆するというスタイルが取られた。

全国の読者から感想の手紙や間違いを指摘する手紙が届く。読者が楽しみにしている。新聞の紙面の定位置にあるものと、いつしか認識されるようになる。そうなれば簡単に止めることはできなかったのかもしれない。新聞というメディアの力が、現在とは比べものにならないほど大きかったということもあるだろう。次第に「折々のうた」の連載は、大岡信にとって、他の仕事の原動力となり得るほどに重要な仕事となっていったのだ。

3

『第四　折々のうた』の「あとがき」、つまり連載としては丸四年、休載期間の一年を入れれば五年間が経過した時点でまとめられた新書の「あとがき」に、次の言葉がある。「折々のうた」についての考えが簡潔にまとめられている箇所なので、少し長めに引用しよう。

始めたときにはこんなに長く続くことは予想しなかった。私はこれを始めるにあたって、少なくとも、日本の詩歌史が短歌・俳句・詩という最もよく知られた三つの分野だけで尽きるものでは到底ないこと、従来軽視されがちだった漢詩とか歌謡、またいわゆる雑俳などの世界に、正統派の和歌などに比していささかも遜色ない生気にみちた詩が見出されること、またとりわけ、日本の詩歌史では複数作者が同じ場で出会い、一座をなして共同で詩を作ってゆく連歌・連句の伝統が本質的に重要であることを、実際の作例を通じて見てみることが必要であること、などを念頭においていた。それらの考えは、連載にあたっての作品の選択や、その排列の仕方にも当然反映しているわけだが、四年間書いてきて、いま私が実感していることは、こういう私の考え方が多くの人々に徐々に自然な形で受け入れられはじめているような気がするということである。

これは新書版『折々のうた』及び『新 折々のうた』の各巻に付された「あとがき」の中でも、とくに「折々のうた」の全体的な意図を凝縮して語っている箇所だ。ひと言でいうなら、詩歌の多様性。大岡信が古典詩歌に関しておこなった仕事をいま振り返り、そこにどんな意義があったのかと考えるなら、たとえばこうした多様性を柔軟な目で見つめて世に広く伝える、ということだった。『新 折々のうた9』、つまり、新書版の最終巻の「あとがき」には、おそらくこれが連載を終了した際の率直な感想と感慨だっただろうと思われる言葉が、次のように記されている。

長いあいだ連載掲載中は一日の休みもなしに続けてきたわけで、われとわが身に呟いているることは、バカじゃなきゃ、できないよ、のひと言だけである。外国旅行の最中にも毎日のように新聞社にファックスを送っていたのは、今となっては、苦痛を我慢しつつやった記憶とともに、毎回解放感の小刻みの繰返しだったと思う。

4

日本古典詩歌をめぐる著作の中で、とくに代表作とされるのは、『紀貫之』(筑摩書房、一九七一。後、ちくま学芸文庫)、『うたげと孤心』(集英社、一九七八。後、岩波文庫)、『詩人・菅原道真うつしの美学』(岩波書店、一九八九。後、岩波現代文庫)だ。三部作と称されることもある。

明治期、正岡子規によって強烈に否定された結果、その後も長きにわたって注目されることの少なかった平安時代の歌人・紀貫之と、紀貫之が編者となって編纂された『古今集』を、斬新な批評によって、現代に読む価値のあるものとしてよみがえらせた『紀貫之』は、シリーズ「日本詩人選」の一冊として執筆された。当時、一般読者だけでなく研究者たちからも注目された書だった。

いまここで触れたいことは、『紀貫之』という著作そのものではなく、その後に成った『うたげと孤心』についてだ。初出は雑誌「すばる」で、連載時期は一九七三年六月から一九七四年九月。「序にかえて」と題された文章に明かされていることだが、紀貫之について書いた経験が、『うたげと孤心』の主題を明確にさせたのだという。どういうことか。『うたげと孤心』の第一章「歌と物語と批評」から引用しよう。

私は日本の詩歌の生成の場として、さまざまな規模と形における「うたげ」というものが占めていた位置、役割の大きさについてしばしば考える。その場合、貫之のような宮廷歌人についてなら、おびただしい「うたげ」の歌の背後に「孤心」をのぞいてみたい願望をそそられる。しかし逆に、「うたげ」の意味の大きさをことさら強調してみたい場合もまたある。むしろそういう例が、きわめて多いのが、日本の詩歌の特徴のようにさえ思われる。

紀貫之は、人々からの依頼を受けて屏風に書くための歌、いわゆる屏風歌を詠んだ。屏風は、室内の調度品だから、それを装飾するための歌は、見方によっては実用的なものといえる。一方に、自分の歌を自分で選び編んだ歌集、つまり『自撰本貫之集』というものの存在が考えられ、そこには屏風歌のような作、つまり、ある意味で公的な作が、見られない。その差はいったい何なのか。この疑問に大岡信は目を凝らした。疑問は膨らみ、「うたげ」と「孤心」のテーマとなった。

やがて著作として実った『うたげと孤心』は、大岡信の代表作だ。執筆時からの時間の経過や、現在から見て研究領域においてはすでに乗り越えられた部分があることなどを考えに入れても、なお傑作といえる。その素晴らしさは、詩歌と人をじつにいきいきと語ったところにある。こう書いてしまうと、なんでもないことのようだけれど、詩歌と人をいきいきと語る文章は、実際のところ、そうあるものではない。
研究者が表せない領域へ、ときにためらいながら、ときに大胆に、想像力で踏みこむ箇所があり、言葉に対する鋭い感覚と深い洞察が随所で示されている。各章のタイトルを記せば「歌と物語と批評」「贈答と機智と奇想」「公子と浮かれ女」「帝王と遊君」「今様狂いと古典主義」「狂言綺語と信仰」。全六章から成る。私にとっては、とくに後半の三章、つまり後白河法皇と今様をめぐる箇所から受けた深い感銘は、十代後半に初めてこの本を読んだとき以来、心に留まって色褪せない。「うたげ」とは何か。「序にかえて」の中に、次の言及がある。

笑いの共有。心の感合。二人以上の人々が団欒して生みだすものが「うたげ」である。私はこの言葉を、酒宴の場から文芸創造の場へ移して、日本文学の中に認められる独特な詩歌制作のあり方、批評のあり方について考えてみようと思った。

複数の人間から成る場に「うたげ」を見ると同時に、各人の意思として「孤心」を探り、古典詩歌が生まれる現場を考察しようと試みたのだ。歌合せ、物語合せ、といった「合せ物」から、「合す」という「原理」を感じ取り、それと個人の意志がぶつかるところを大岡信は観察しようとした。第四章「帝王と遊君」から引用する。

「合す」意志と「孤心に還る」意志との間に、戦闘的な緊張、そして牽引力が働いているかぎりにおいて、作品は稀有の輝きを発した。私にはどうもそのように見える。見失ってはならないのは、その緊張、牽引の最高に高まっている局面であって、伝統の墨守でもなければ個性の強調でもない。単なる「伝統」にも単なる「個性」にも、さしたる意味はない。けれども両者の相撃つ波がしらの部分は、常に注視と緊張と昂奮をよびおこす。

明らかに、著者は書きながら何かを発見し、手応えを感じながら言葉を紡ぎ出している。きびきびとした、生気のある文章からそれが伝わる。「うたげ」と「孤心」、複数と単数といった二項対立の図式に、いまでは多少時代がかって見えるところがあるとしても、この著作によって大岡信が為したこと、つまり日本古典詩歌のいくつかの要素をじつに面白く、またわかりやすく描出した点は、これからも読み継がれるに値する。

5

「折々のうた」に戻ろう。「折々のうた」の連載が開始される以前に、先に触れた『紀貫之』『うたげと孤心』などの著作はかたちになっていた。『詩人・菅原道真　うつしの美学』に関しても、構想の萌芽は、じつは『紀貫之』の第五章「道真と貫之をめぐる間奏的な一章」に見られ、「折々のうた」連載開始の時点ですでに著者の念頭にあったことが明瞭にわかる。つまり「折々のうた」は、日本古典詩歌の三部作のアイデアが充分に揃っている段階でスタートしたといえる。そこに、いうまでもないが、古典詩歌以外の要素、つまり近代以降の意味における短歌と俳句、近代詩、現代詩、翻訳詩などが自在に織り込まれるかたちで展開されたわけだ。

前後との関わりや、全体的な見渡しを思いながら継続された「折々のうた」だが、今回の全五巻のシリーズは、先述したようにジャンル別となっている。詩と歌謡の本巻では、内容を大きく二つに分けている。第一章を歌謡の章、第二章を詩の章とした。

各章の内容は、おおまかに時系列的な配列にした。中国詩などについて例外もあるが、選ばれた詩句を含む作品の文学史上での順序を基軸とする(つまり、元の「折々のうた」の掲載順ではない)。『うたげと孤心』のイメージに重ねるかたちで、歌謡の章には「うたげの余韻」、詩の章には「孤心へむかって」とサブタイトルを付した。『うたげと孤心』に書かれているように、もちろん両者は完全に別々のものではなく、相互に影響し合い、浸透し合う。この巻でも、二つの章の内容は、ばらばらに在るわけではなく、むしろ前者へ入れたものはじつは後者へ、後者に入れたものは前者への傾きを保持したまま、そこに在る。

第一章の歌謡の章に『万葉集』の東歌を入れたのは、厳密な意味では歌謡ではないけれど成り立ちからいえば歌謡的な性格を帯びたもの、という考えに基づく。複数の、多数の人間によって歌われ、歌い継がれた歌謡は、『古事記』『日本書紀』『風土記』『古語拾遺』に載る古代歌謡にしろ、平安時代以降の『梁塵秘抄』や室町時代の『閑吟集』にしろ、特定の作者、近代以来の意味においての作者はいないに等しい。対し、第二章の詩の章に収録した作品の数々は、中国詩、日本漢詩、近代詩、現代詩、翻訳詩、いずれを見ても、それぞれに作者がいるかたちだ。

現代の詩人の一人として、つまり作者名を持つ詩人として大岡信が見渡した、過去から続く詩歌の世界。それは、まさに『うたげと孤心』でダイナミックに描かれた、せめぎ合いの世界にほかならない。その考え方を充分に含み持つ「折々のうた」は、たとえ各回ごとに分解して新たに分類と配列をおこなっても、総体として、このせめぎ合いの豊饒性を失うことはないと思われる。せめぎ合いの魅力は保たれ、なおかつ別の側面を見せもする。そのように考えたい。

近代詩、現代詩、翻訳詩などは、もちろん本巻の詩の章に配置した。新聞のコラムとしての、文字数の規定から考えると、一首あるいは一句をまるごと引用できる和歌、俳諧、短歌、俳句のほうが、まるごとであるがゆえに評釈と鑑賞を展開しやすい面があっただろう。それを反映した結果なのか、連載の全体を見れば、和歌、俳諧、短歌、俳句などよりも、詩と歌謡のほうが数としては少ない。

大岡信が詩の書き手であったことを考えると、近代詩や現代詩をもっと取り上げてほしかったという思いも頭をよぎるが、それは現時点での一読者としての勝手な願いというものだろう。

とはいえ、こうした事情があっても、「折々のうた」の姿が全体として、大岡信の関心の在り処とその推移を映していることは間違いない。

さて、本巻第一章「歌謡——うたげの余韻」について、もう少し述べよう。この章でもっとも多く収録したものは、『梁塵秘抄』の回だ。いうまでもなく、すでに触れた『うたげと孤心』で著者がとくに力を入れて記述した後白河法皇と今様をめぐる内容を、おのずと反映したかたちになっている。

平安時代末期から鎌倉時代にかけて流行した歌謡(今様《いまよう》という)を後白河法皇が集めて編纂した全二〇巻から成る『梁塵秘抄』。巻一から巻十は今様の歌詞、残りの巻には演奏方法の細目などが書かれていたと推定されている。現在残っているものは、巻一の一部分と巻二の完本、そして後白河法皇の今様修行に関する自伝的な内容の書かれた巻の完本だ。これらが一九一一(明治四四)年、京都で発見され、研究者のみならず当時の文学者たちにも深い衝撃と影響を与えたことはよく知られている。『梁塵秘抄』の歌謡に触れた「折々のうた」から引こう。

わが子は二十《はたち》になりぬらん　博打《ばくち》してこそ歩くなれ　国々の博党《ばくたう》に

平安歌謡。平安朝は一見天下泰平の時代だが、それは一部上層階級の話。庶民生活は貧しく不安定で、悲惨な事も多かった。これは老いた母がうたった体裁の歌。何年も前に家出したあの子、もうはたちにはなっていよう。うわさでは博打うちになり、諸国の博打仲間に入って流浪しているらしい。続けて「さすがに子なれば憎かなし　負かいたまふな　王子の住吉　西の宮」と神々に勝運を祈る母心。昔の話とばかりもいえない。

まさに、ここで書かれている通り。昔の話とばかりもいえない、のだ。時代をするりと超えて伝わる感情が、巷で流行った歌謡の魅力で、大岡信もまたそこに強く反応した。パリのコレージュ・ド・フランスでの講演をまとめた『日本の詩歌　その骨組みと素肌』の岩波文庫版を見ると、歌謡については、ほとんどの場合、作者がだれなのかわからないという点、つまり「無名性」が注目されている。大岡信は「文学史」を「近代的」な制作物と位置付け、その中で歌謡が受けてきた「不当に低い」評価を指摘する。

もちろん、大岡信がそれについて考察した時期と現在とでは、事情は変わってきている。とはいえ、大岡信が歌謡を「超個性的」「階級縦断的」とした点はいまも有効だろう。そしてこれは『うたげと孤心』における著者の関心がもっとも鮮やかに焦点を結ぶ部分でもある。また、それとはある意味で対比的な詩、つまり、作者が誰なのかわかる詩への大岡信の視線があぶり出される契機もここに潜む。

本巻第二章「詩――孤心へ向かって」についても、述べておきたい。ぱっと見ると漢詩、近代詩、現代詩、翻訳詩という順序に見えるが、おおまかに時系列的な配列となっている。特筆すべきはやはり菅原道真だろう。平安時代の学者、漢詩人、政治家として才能を発揮しながらも藤原時平の讒言により大宰府へ左遷され、失意のうちに没したこの人物の詩に、大岡信は深い関心を寄せている。

すでに『紀貫之』において菅原道真をめぐるアイデアは萌芽を見せていたが、一冊にまとめられ著書として『詩人・菅原道真　うつしの美学』が刊行されたのは、それからだいぶ経った一九八九年のことだった。「折々のうた」の連載開始から、十年ほど経過した時期だ。本巻収録の、菅原道真が取り上げられた回から引用しよう。

城《あづち》に盈《み》ち郭《くるわ》に溢れて　幾《いく》ばくの梅花ぞ
猶《なほ》しこれ風光の　早歳《さうさい》の華《はな》

大宰府での詩『菅家後集』巻尾の絶作「謫《たく》居の春雪」起承。道真は延喜三年春配所で窮死した。その直前の作。彼が梅を愛したのは有名だが、前回掲出の処女作も絶作も、ともに梅に関わるのは不思議といえばいえる。ただしこちらは幻の梅である。春雪が府の内外に溢れ、木の枝は数えきれぬ梅花のようだ。これもまた、風光が生みだしたもう一つの早春の花なのだ、というのである。雪景色に幻の梅を見る流人、その胸にうずいている望郷の念。

『日本の詩歌　その骨組みと素肌』で、中国詩は社会に対する「自己主張」が当然であるのに対し、和歌は「自然環境」に融けこむ「自己消去」の方向へ美意識を洗練させていったと、論じられている。菅原道真の詩には、政治的、社会的な詩、つまり為政者の不正を弾劾する詩や市井の人々の生活を描いた詩が見られる。これらは、日本語の詩の流れを振り返るとき、際立って例外的なものに属する。平安朝の貴族社会において好まれた白居易の詩を菅原道真もまた大切に読んだが、「折々のうた」は、こうした点への大岡信の関心を反映するかたちで、菅原道真のみならず白居易の詩も繰り返し取り上げている。

五山文学の漢詩、江戸時代の漢詩、明治時代の漢詩などにも周到に目配りがされている。その後は、近代詩、現代詩へと「折々のうた」に取り上げられたさまざまな作者と作品を追ってみれば、日本語の詩の流れをおおまかに辿ることができる。「折々のうた」のどの回を見ても苦心と工夫が伝わってくる。

「日本詩歌」の姿を「わけても若い人々に語りたい」と、連載開始から一年経った時点で記す大岡信の「折々のうた」。この膨大な仕事と、いま、どのように向き合えるだろうか。

ここにある詩歌と読者のあいだに思いがけない出会いが生まれて、はっと光ることがあればうれしい。「折々のうた」という宝を編んだ大岡信の心と志に、及ばずながら、わずかにでも触れた気持ちになり、そんなことを考える。

索　引

人　名（五十音順）

あ　行

安西冬衛(一八九八―一九六五)　詩人。奈良市生れ。大連に渡り、一五年間大陸に在住。北川冬彦らと「亜」創刊。ユーラシア大陸の風土を背景にイメージ豊かな作品を書いた。『軍艦茉莉』など。126

飯島耕一(一九三〇―二〇一三)　詩人。岡山市生れ。東大仏文卒。明治大学教授。詩集『他人の空』『わが母音』『ゴヤのファースト・ネームは』ほか。シュールレアリスムに共鳴、小説も書く。140

家　尹(生没年不詳)　南北朝時代の連歌師。藤原氏。二条良基側近の廷臣で、月輪中将と称された。『菟玖波集』に一〇句入集。49

韋応物(七三七頃―八〇四頃)　中国、唐代の詩人。陶淵明とともに陶韋と並び称された。叙景詩にすぐれ、詩集『韋蘇州集』一〇巻がある。92

石川丈山(一五八三―一六七二)　江戸前期の漢詩人。徳川の武門に生れ、大坂の役に出陣、功を立てたが報われず、武を捨てる。藤原惺窩門で漢学を修め、叡山のふもとに詩仙堂を結び隠栖。書もよくした。詩文集『覆醤集』。100

入沢康夫（一九三一―二〇一八）　詩人。島根県生れ。東京大学仏文科卒。元明治大学教授。詩集『古い土地』『わが出雲・わが鎮魂』『漂ふ舟』他、評論集『詩の構造についての覚え書』など。141

上杉謙信（一五三〇―七八）　戦国時代の武将。越後の守護代の子として生れる。群雄を相手に越後、越中、加賀、飛騨などを勢力圏内に収めた。川中島の戦は名高い。敵国甲斐の領民に塩を送った逸話も有名である。和歌、茶道、謡曲、琵琶、書をたしなんだ。99

上田　敏（一八七四―一九一六）　詩人。東京生れ。訳詩集『海潮音』で、フランス近代の高踏派、象徴派の詩を中心に五七編を紹介、明治三〇年代後半、蒲原有明、薄田泣菫らとともに象徴詩時代を現出させた。没後刊行の訳詩集に『牧羊神』。151

有智子内親王（八〇七―四七）　平安初期の漢詩人。嵯峨天皇皇女。母は交野女王。初代賀茂斎院に卜定された。『経国集』などに一〇首。70

于武陵（八一〇―没年不詳）　中国、晩唐の詩人。杜曲（陝西省西安市の南郊）の人。進士に及第し

藻』および『日本書紀』に見える。天武崩御後まもなく、皇位継承にからむ陰謀に巻き込まれ、処刑された。68

大和田建樹(一八五七―一九一〇) 国文学者、詩人。伊予国生れ。広島外国語学校卒。東大古典科講師、男女高等師範学校教授。『鉄道唱歌』五集、『明治唱歌』二集の編著、『新体詩学』『応用歌学』などの著書、『欧米名家詩集』の翻訳もある。65

小熊秀雄(一九〇一―四〇) 詩人。北海道生れ。種々の雑役労働に従事。のち旭川新聞記者。上京後プロレタリア詩人会に入会。諷刺詩人と漫画家の拠る「太鼓」にも参加。「読売新聞」に文壇諷刺詩を連載。諷刺を武器に饒舌な詩風を展開した。結核により三九歳で早世。没後『流民詩集』が刊行された。127

長田 弘(一九三九―二〇一五) 詩人。福島市生れ。早稲田大学第一文学部卒。詩集『記憶のつくり方』『一日の終わりの詩集』『死者の贈り物』他、エッセイ『読書からはじまる』『アメリカの61の風景』他、絵本『ねこのき』『森の絵本』など。148

温庭筠(八一三?―七〇) 中国、晩唐の詩人。初唐の宰相温彦博の子孫といわれる。遊蕩生活

か　行

川崎　洋（一九三〇―二〇〇四）　詩人。東京生れ。戦時中九州に疎開。西南学院中退。茨木のり子と「櫂」創刊。『はくちょう』『象』『ビスケットの空カン』などのほか、方言採集、童話、放送作家としての活動も旺盛。145、146

菅　三品（八九九―九八一）　平安中期の学者、漢詩人。道真の孫（菅原文時）。従三位、文章博士。家学である文章道にすぐれ、源為憲、大江匡衡ら当時の文人たちも添削を請うたほど。詩は極めて人気が高かった。詩文は『扶桑集』『和漢朗詠集』などに見える。77

菅　茶山（一七四八―一八二七）　江戸後期の儒者、漢詩人。備後（広島県）生れ。京都に出て那波魯堂に朱子学を学び、帰郷して私塾黄葉夕陽村舎をひらいた。詩集『黄葉夕陽村舎詩』一〇巻がある。101

韓　愈（七六八―八二四）　中国、中唐の詩人、政治家。鄧州、南陽の人。字は退之、号は昌黎、諡は文公。唐宋八大家の一人。四六駢儷文を批判し、古文（散文文体）を主張。詩をよくし、白居易とともに「韓白」と並び称された。儒教を尊び、とくに孟子を激賞。徳宗、憲宗、穆宗《ぼくそう》に仕えた。93

魏　徴(五八〇―六四三)　唐代の詩人。字は玄成。山東曲城の人。幼少にして孤児となるが、学問に励み、太宗治下の功臣となる。『群書治要』五〇巻を編纂した。86

義堂周信(一三二五―八八)　南北朝時代の学僧(臨済宗)。土佐国の人。夢窓疎石の法門に入る。足利義満の信任を得て、建仁寺、南禅寺などに歴住。絶海中津とともに五山文学の黄金時代を築いた。別号空華道人。『空華集』『空華日用工夫略集』など。96

紀長谷雄(八四五―九一二)　平安前期の漢詩人。紀貞範の子。文章生となり、菅原道真に学ぶ。文章博士。中納言。世に紀納言、紀家と称され、その文才を謳われた。74

清岡卓行(一九二二―二〇〇六)　詩人、小説家。大連生れ。東大仏文卒。法政大学教授。詩集『氷つた焔』『固い芽』『西へ』、小説『アカシヤの大連』、評論『手の変幻』など。139

許　渾(七九一―八五四?)　中国、中唐の詩人。字は仲晦。高宗の宰相の子孫。丹陽(南京の東)、一説に湖北省安陸の人。県令、監察御史、刺史歴任。善政を施した。晩年は郷里の丁卯《ていぼう》橋近くに隠棲。詩集『丁卯集』。93

ゲーテ(一七四九―一八三二)　(Johann Wolfgang von Goethe)　ドイツの詩人、劇作家、小説家。ヴァイマール時代には政治家としても活躍した。『ゲッツ・フォン・ベルリヒンゲン』『若きヴェルテルの悩み』でシラーとともに文学運動「シュトルム・ウント・ドラング」の旗頭となる。二人の交流から生れた数々の作品は、のちのヴァイマール古典主義時代を輝かしいものにした。科学者としてもさまざまな活動を行い、『色彩論』を発表。自伝『詩と真実』。『ファウスト』は二一歳から最晩年までの六〇年をかけて完成された。150

元　稹(七七九―八三一)　中国、中唐の詩人。字は微之。河南の人。白居易と多くの詩を唱和し、世に元白と称せられた。官位は尚書左丞。詩集『元氏長慶集』。『和漢朗詠集』に詩句一一首。86

虎関師錬(一二七八―一三四六)　鎌倉末期・室町初期の学僧。京都の人。鎌倉に下り、中国からの帰化僧一山一寧に師事。五山に禅林の文学を推し進めた。晩年は京都、東福寺、南禅寺に住した。著書『元亨釈書』は日本の僧伝として名高い。97

さ　行

西郷隆盛（一八二七―七七）　薩摩藩士。号は南洲、通称吉之助。明治維新の功臣で、わが国最初の陸軍大将となる。明治一〇年、征韓論が容れられなかったために官職を辞し、のち故郷で兵を挙げたが、討伐され、城山で自刃（西南の役）。106

西条八十（一八九二―一九七〇）　詩人。東京牛込生れ。早大英文卒。早大教授。北原白秋、野口雨情と並ぶ大正期の代表的な童謡詩人であるとともに、流行歌から軍歌まで、歌詞多数。詩集『砂金』『一握の玻璃』などのほか、『西条八十童謡全集』、訳詩集『白孔雀』などがある。118

嵯峨天皇（七八六―八四二）　平安前期の漢詩人。第五二代天皇。桓武天皇第二皇子。「格」「式」の法典化を推進。勅撰に『新撰姓氏録』『凌雲集』『文華秀麗集』。次の淳和天皇勅撰『経国集』と上記二詩集とに合せて百首余りの漢詩を残す。三筆の一人。69

佐藤春夫（一八九二―一九六四）　詩人、小説家。和歌山県生れ。『殉情詩集』、小説『田園の憂鬱』、評論・随筆集『退屈読本』などを刊行、大正中期以降文壇に名声を得た。伝統的詩法を意識的に利用して近代の抒情詩をつくることでは抜群の技を示した。116、117

慈　円（一一五五―一二二五）　鎌倉時代の歌人、史論家。前大僧正慈円。関白藤原忠通の子。

一〇歳で父の死にあい、一一歳で出家、叡山に上る。天台座主となって以来、仏教界と朝廷とを結ぶ第一人者となる。家集に『拾玉集』、史論『愚管抄』。『千載集』以下に二五五首。没後慈鎮と諡《おくりな》される。46

渋沢孝輔（一九三〇—九八）詩人。長野県生れ。東京外語大仏語卒。東大大学院修了。明治大学教授。『場面』『漆あるいは水晶狂い』『薔薇・悲歌』、評論集に『蒲原有明』など。141

島崎藤村（一八七二—一九四三）明治新体詩に新しい浪漫精神を盛り、近代詩に一大転機をもたらした詩集『若菜集』『落梅集』など刊行後、詩から散文に向った。小説に『破戒』をはじめ、『春』『新生』『夜明け前』など。109、110

周　阿（生年不詳—一三七七）南北朝時代の連歌師。救済《ぐさい》の高弟で、救済、二条良基とともに、連歌界の三賢と称された。技巧的で機知に富む作風。著書『太閤周阿連歌合』他。49

章孝標（生没年不詳）唐代の詩人。字は道正。銭塘（浙江省杭州）の人。進士に及第、秘書省正字となる。『西山集』一〇巻、『章孝標詩集』がある。94

年(一三六八)入明。帰国後足利義満に招かれ、京都等持寺に住し、のち相国寺に移る。詩藻にすぐれ、義堂周信と並び称された。97

宗　祇(一四二一―一五〇二)　連歌師。宗砌、心敬に連歌を学び、故実を一条兼良父子に学ぶ。また東常縁から古今伝授を受ける。いわゆる東山文化の代表的教養人。全国を行脚し、連歌を弘布。編著『新撰菟玖波集』二〇巻は、連歌最盛期における最大集成で、勅撰に準ぜられた。49

宋之問(六五六頃―七一二)　中国、初唐の詩人。字は延清。汾州の人。則天武后に召されて詩名を馳せたが、権力者への媚び、売節の行為が重なり、人間としては疎んじられ、玄宗の時自殺を命じられた。律体の完成に力を尽し、沈佺期とともに「沈宋」と並称された。87

宗　長(一四四八―一五三二)　連歌師。駿河国の人。今川義忠の側近に仕える。一八歳のとき剃髪。義忠没後、大徳寺の一休宗純に師事。関東下向中の宗祇と参会。のち越後、筑紫下向にも随行した。句集、連歌作法書、日記、紀行などの著書がある。49

尊　敬(生年不詳―九五三?)　橘在列。平安中期の文人。橘秘樹の第三子。天慶七年(九四四)出

た　行

高村光太郎（一八八三―一九五六）　詩人、彫刻家。東京生れ。欧米に留学し、ヨーロッパの近代精神を吸収して帰国。第一詩集『道程』はめざめた自我が封建的遺制を多く残す日本近代社会と衝突して経験する苦闘の上に成った近代詩の大きな所産。詩集『智恵子抄』などのほか芸術論も多い。125

竹久夢二（一八八四―一九三四）　画家、詩人。岡山県生れ。「平民新聞」「女子文壇」などに挿絵を描き、哀愁漂う抒情画で一世を風靡。多数の画集の他、詩画集『どんたく』『歌時計』『青い小径』、歌集『山へよする』など。117

田中冬二（一八九四―一九八〇）　詩人。福島県生れ。中学卒業と同時に銀行員生活。「四季」同人。『青い夜道』『海の見える石段』『晩春の日に』など。日本の自然や伝統に根ざしつつ、清新な詩風を追求した。128

谷川俊太郎（一九三一―　）　詩人。東京生れ。父は哲学者谷川徹三。第一詩集『二十億光年の孤独』で清新な衝撃を与えた。音楽やデザインや映像の世界にも活躍する。児童絵本や、『ことばあそびうた』など多彩な活動を展開。『定義』『日々の地図』『詩に就いて』など。144

学。復刊「四季」に詩を発表、編集事務も担当。三五歳で病没。『愛する神の歌』『父のゐる庭』『さらば夏の光りよ』など。133

土井晩翠(一八七一―一九五二) 詩人、英文学者。仙台の旧家に生れる。東大英文卒。二高教授。新体詩時代、島崎藤村と並称された。詩集『天地有情』『晩翠詩集』など。66、110

杜甫(七一二―七〇) 中国、盛唐の詩人。字は子美、号は少陵。検校工部員外郎。安禄山の乱に遇って幽閉された。端正な詩格をもち、当時の暗い世相を反映した沈鬱な作風。日本でも西行や芭蕉に影響を与えている。李白を「詩仙」と呼ぶのに対し、「詩聖」と称される。また「李杜」と並称される。詩文集『杜工部集』。90

杜牧(八〇三―五二) 中国、晩唐の詩人。字は牧之、号は樊川《はんせん》。杜甫が老杜と呼ばれるのに対し、こちらは小杜。『樊川集』。95

友野霞舟(一七九一―一八四九) 江戸後期の儒学者、漢詩人。江戸の人。昌平黌に学ぶ。のち同校教官。編著に江戸時代の詩の選集『熙朝詩薈』がある。104

な行

夏目漱石(一八六七―一九一六)　小説家。『吾輩は猫である』『坊っちゃん』などで絶大な人気をもつ。近代的自我の苦悩を主題に据えた『それから』『こゝろ』『明暗』など、終始近代日本の根本問題にふれた作家活動を続けた。俳句、漢詩の作者としても抜群だった。106、107

西脇順三郎(一八九四―一九八二)　詩人。新潟県生まれ。慶大名誉教授。英国留学、オックスフォード大に学び、在英中詩集『Spectrum』を刊行。超現実主義的なイメージに東洋的「軽み」の加わるユニークな詩的世界を構築。『Ambarvalia』『近代の寓話』ほか。128、129

野口米次郎(一八七五―一九四七)　詩人。海外ではヨネ・ノグチの名で知られる。愛知県生まれ。一八歳のとき単身渡米。のちイギリスに渡り、英文詩集を出版。帰朝後は伝統芸術の研究に従事。母校慶大教授となる。『二重国籍者の詩』『表象抒情詩』全四巻など。日本では数少ない思索的詩風を確立。111

後江相公(八八六―九五七)　平安中期の学者、漢詩人。大江音人の孫。大江朝綱。玉淵の子。官は参議に至った。参議の唐名を相公といい、音人を江相公、朝綱を後江相公と称する。村上天皇の命により、『新国史』『坤元録』を著わす。『後江相公集』二巻がある。78

は行

萩原朔太郎(一八八六―一九四二)　詩人。近代人の孤独と憂愁を独特な感性で描き、口語自由詩としての独自の内在律を開拓した。第一詩集『月に吠える』で詩壇に衝撃を与えた。『青猫』『蝶を夢む』『純情小曲集』『氷島』『詩の原理』『猫町』など。113、114

白居易(七七二―八四六)　白楽天。中国、唐代の詩人。玄宗皇帝と楊貴妃の情愛をうたった『長恨歌』の作者。その思想感情は日本人の嗜好にかなうところが多く、在世中から日本に伝えられ、漢詩文の規範ともなった。詩文集『白氏文集』。79―85

服部南郭(一六八三―一七五九)　江戸中期の儒学者、漢詩人。京都に生れた。父は北村季吟門の歌人元矩。一七歳のとき柳沢美濃守吉保に出仕。柳沢家の儒者荻生徂徠に師事、のち家塾をひらく。画もよくした。『南郭先生文集』『唐詩選国字解』など。101

菱山修三(一九〇九―六七)　詩人。東京生れ。東京外語学校仏語科卒。ヴァレリーに傾倒、翻訳もある。知的骨格をもつ散文詩を書いた。『懸崖』『荒地』『幼年時代』など。127

広瀬淡窓（一七八二―一八五六）　江戸後期の漢詩人、漢学者。豊後国生れ。郷里に咸宜園（初め桂林荘と称した）を開き、全国から大勢の子弟を集め、教育にあたった。平淡で滋味に富む詩風。詩集『遠思楼詩鈔』二巻。103

深尾須磨子（一八八八―一九七四）　詩人。兵庫県生れ。与謝野晶子に私淑、第二期「明星」に作品発表。『真紅の溜息』『牝鶏の視野』『永遠の郷愁』『洋燈と花』など。123

福田正夫（一八九三―一九五二）　詩人。小田原市生れ。八歳の時医師の父を失い、叔父の家で成長。東京高師中退。小学校教員。富田砕花、百田宗治を知り、民衆詩運動を推進。『農民の言葉』『世界の魂』『嘆きの孔雀』など。124

藤井竹外（一八〇七―六六）　江戸後期の漢詩人。摂津国の人。頼山陽に学ぶ。七言絶句をよくし、「絶句竹外」と称された。『竹外二十八字詩』など。105

藤富保男（一九二八―二〇一七）　詩人。東京生れ。東京外語大モンゴル語科卒。言語の視覚的・音韻的な解体と再構成を狙った、機知とユーモアに富む詩法を展開。『正確な曖昧』『大あく

ぼす。詩集は『月光とピエロ』『水の面に書きて』など多数。洗練された瀟洒な詩風の中で人生洞察を歌った。124、152

ま 行

丸山 薫（一八九九―一九七四） 詩人。大分市生れ。東京商船学校、東大国文中退。昭和九年堀辰雄、三好達治とともに「四季」創刊。昭和期叙情詩人の代表的存在。少年期から海に憧れ、詩集にも『帆・ランプ・鷗』『連れ去られた海』など海に関わる作品が多い。130

都 良香（八三四―七九） 平安前期の漢学者、詩人、文章博士。詩は『和漢朗詠集』『扶桑集』などにとられている。『江談抄』『十訓抄』には、良香の佳句に感銘して羅城門楼上から鬼神の声があったという逸話がある。76

宮沢賢治（一八九六―一九三三） 詩人、童話作家。岩手県生れ。農学校教諭。羅須地人協会創設、稲作指導。万物との交流から生れた壮大なファンタジーの世界を描く。詩集『春と修羅』、童話『注文の多い料理店』など。120

三好達治（一九〇〇―六四）　詩人。大阪生れ。第一詩集『測量船』は、現代抒情詩の展開に大きな役割をはたした。『春の岬』『閒花集』『艸千里』などの詩集において、洗練された近代日本の詩語の世界を生み出した。131

三好豊一郎（一九二〇―九二）　詩人。東京生れ。早大専門部政治科卒。「荒地」創刊に参加。第二次大戦後の人間存在の危機と不安を形象化した詩集『囚人』をはじめ、『林中感懐』『夏の淵』など。138

明極楚俊（一二六二―一三三六）　中国、元代の高僧（臨済宗）。明州（浙江省）の人。一二歳で剃髪得度。晩年、竺仙とともに来朝。北条高時、後醍醐天皇に迎えられ、建仁寺住持をつとめ、同寺に没した。禅の教義、修行規則、作詩作文を指導、日本禅林に感化を及ぼした。96

村上昭夫（一九二七―六八）　詩人。岩手県生れ。戦中ハルビン官吏として渡満し、シベリアに二年抑留される。帰国後、盛岡郵便局勤務。肺を病み、四一歳で死去。『動物哀歌』。135

村山槐多（一八九六―一九一九）　詩人、画家。神奈川県生れ。京都一中卒。在学中より早熟の詩才をあらわす。日本美術院の研究生となり、「カンナと少女」で院賞受賞。肺結核で夭折。没後、詩集『槐多の歌へる』。118

室生犀星（一八八九—一九六二）　詩人、小説家。石川県金沢生れ。貧窮と放浪の生活の中で詩作。盟友萩原朔太郎とともに大正時代の新しい自由詩の世界を拓く。『愛の詩集』『抒情小曲集』他。小説に『性に眼覚める頃』『杏っ子』などの自伝的作品がある。115、116

百田宗治（一八九三—一九五五）　詩人。大阪市生れ。民衆詩派と称されたが、のち何度か詩風の変転をみた。詩話会編集の詩誌「日本詩人」刊行の中心となる。「椎の木」創刊。詩集『最初の一人』『ぱいぷの中の家族』など。129

森　亮（一九一一—一九四）　大阪生れ。東大英文卒。元お茶の水女子大学教授。訳書『ルバイヤット』『白居易詩鈔』『晩国仙果』など。149

や　行

八木重吉（一八九八—一九二七）　詩人。東京府下南多摩郡生れ。中学校教諭。肺結核療養中、余病を併発、二九歳で熱烈にして敬虔なクリスチャンの生涯を終えた。詩集に『秋の瞳』『貧し

横瀬夜雨（一八七八―一九三四）　詩人。茨城県生れ。四歳のとき佝僂病にかかる。筑波嶺詩人と称される、郷土色豊かな愛唱詩編を生んだ。明治四〇年、河井酔茗と詩草社をおこし「詩人」を刊行。詩集『夕月』『花守』『お才』『雪燈籠』、歌集『死のよろこび』など。111

与謝蕪村（一七一六―八三）　江戸中期の俳人、画家。画家としては池大雅と並び称される。漢詩文に多くを学ぶ。印象あざやかな唯美的、浪漫的俳風は、芭蕉の「さび」の詩精神とは対照的で、近世の新鮮なポエジーがある。俳諧句文集『新花摘』、長詩『春風馬堤曲』など。108

吉岡　実（一九一九―九〇）　詩人。東京本所生れ。出版社勤務。書籍の装丁家でもあった。特異な幻視の世界を構築した詩集『僧侶』『サフラン摘み』『薬玉』のほか、初期の短歌を集めた歌集『魚藍』がある。140

吉増剛造（一九三九―　）　詩人。東京生れ。慶大国文卒。岡田隆彦、井上輝夫らと「ドラムカン」創刊。『出発』『黄金詩篇』『オシリス、石ノ神』『怪物君』など。148

よしや思鶴（一六五〇？―六八？）　沖縄の女性歌人。遊郭に売られ、一九歳で夭折したとされて

ら　行

良　寛（一七五八―一八三一）　江戸後期の禅僧、歌人。越後の名主の長男として生れたが、二二歳で出家。大愚と号し、曹洞禅の修行を積んだ。諸所を行脚、晩年郷里に住む。『万葉集』、寒山詩に親しみ、俗事にとらわれず淡々として気品高い歌境をひらいた。歌集は貞心編『蓮《はちす》の露』。102

良　春道（生没年・伝不詳）　惟良春道。漢詩人。平安前期、嵯峨天皇の治世の人。漢詩と和歌を交互に配した詞華集『和漢朗詠集』（藤原公任編）に詩句四首。75

作　品（五十音順）

東歌　『万葉集』巻一四、『古今集』巻二〇にある東国の歌。労働作業歌、民謡として歌われてきたものか。方言を多く含み、野趣ゆたかで純粋朴直。恋歌が多い。『万葉集』中には二三〇首。11

おもろさうし　沖縄最古の歌謡集。一五三一―一六二三年に集録。「おもろ」とは「思い」

琴歌譜　平安初期に成立した宮廷の大歌所伝来の古歌謡譜本。万葉仮名で書いた大歌二二首を、和琴の譜とともにしるしている。現存する日本最古の楽譜である。13

幸若舞　中世芸能の一種。大成者桃井直詮(源義家から七代の孫に当る)の幼名、幸若丸から出た名といわれる。『平治物語』『平家物語』『曾我物語』『義経記』『太平記』などに取材した、語りを主としたもので、単純な曲節、所作を伴った。織田信長が愛好したことは有名。江戸時代の古浄瑠璃には、これと直接関係あるものが多い。47

古語拾遺　平安前期の歴史書。大同二年(八〇七)斎部広成《いんべのひろなり》が撰した神代以来上古伝承の書。中臣氏と並んで朝廷の神事にあずかってきた斎部氏が、平安前期に至って中臣氏に圧倒され衰微したのを嘆き、口承された斎部氏の故実を正しく伝えるべく漢文に書いて朝廷に献じた。記紀に洩れた事実も含まれる貴重な古代研究の文献。2

古事記歌謡　『古事記』は和銅五年(七一二)成立。現存するわが国最古の典籍。上巻は神代、中巻は建国時代、下巻は仁徳天皇から推古天皇に至るまでが、歌謡をまじえて記されている。詠み込まれた歌謡は一一〇首前後。2、4、5、6、8、9

あり、恋の歌も多い。早乙女が笛や太鼓にあわせて歌い踊ったもの。日本詩歌の系列の中では数少ない五行詩を基本型とする。57

日本書紀歌謡　舎人親王、太安万侶らが撰進し、養老四年(七二〇)成立した『日本書紀』三〇巻は神代から持統天皇までの歴史、説話類を記したもので、国史として尊重された。その中に詠み込まれた歌謡を言う。約一三〇首。6、7、9

鄙廼一曲　江戸時代の旅行家で民俗学者の菅江真澄が東北、越後、信濃、三河などの農山村で収集した民謡集。当時都で流行した三味線歌とはちがった素朴な歌謡の集成。胡桃沢勘内によって発見され、昭和五年(一九三〇)、柳田国男校註で世に出た。60、61、62

風俗歌　正しくは「国ぶり」と呼ぶべきであるとも言われる。東国地方の作が多く、これが平安時代、貴族社会での宴遊歌舞として成長した。短歌形式だが、古代的なすがたの名残りをとどめ、六句形も多い。素朴な人間味をもつ。「陸奥風俗」としても数首が伝わっており、『古今集』に採られている歌もある。東歌《あずまうた》を風俗歌の一種と見る説もある。14、15

仏足石歌　上代に作られた五七五七七七の六句体の歌謡を、仏足石歌体という。奈良薬師寺の石碑に遺されている、仏足石および仏の徳を讃える、六句体の歌に拠る。12

風土記歌謡　『古事記』編纂の翌年、和銅六年（七一三）、元明天皇によって命じられ、諸国の地勢、産物、古老の旧聞などを集録したものが風土記である。完全な写本の残るのは出雲国一カ国で、不完全なものが四カ国。他は後世の書籍に引用されて残った断片で、「風土記逸文」の名で呼ばれている。後世の文学に影響を与えた多くの説話や伝説のほか、各地の民謡もおさめる。音数も句数も自由な歌詞は、歌謡の発生的な形式をうかがわせる。3、7、10

平安船歌　紀貫之著『土左日記』中にみえる作者不詳の船歌。同書には他に二首の船歌がある。14

松の葉　元禄一六年（一七〇三）、秀松軒の集録刊行した三味線歌謡集。室町末期から江戸初期にかけての流行小歌の集成。素朴な民謡も含まれている。『松の葉』にもれた小歌を集めて『松の落葉』も刊行された。こちらは大木扇徳編。59、60

謡曲「蟬丸」　能楽曲。世阿弥作。捨てられた盲目の皇子蟬丸と、その名のとおり「逆髪」の姉が琵琶の音を頼りに再会するという筋。47

謡曲「熊野」　能楽曲。作者未詳。平宗盛の愛妾熊野が歌の徳によって故国の母の病気見舞いを許されるという筋で、『平家物語』に拠る。46

琉歌　琉球の叙情歌。短歌形式と長歌形式があるが、短歌が圧倒的に多い。八八八六の三〇音の形式が短歌の基本。三味線に合わせて歌われた。主題は恋、四季、祝賀、教訓、羇旅、哀悼その他固有の民俗、信仰、生活全般に及ぶが、恋歌が特に多い。代表的歌人に、よしや思鶴、恩納なべ、平敷屋朝敏など。62—65

隆達小歌　隆達節小歌。関ヶ原役前後の慶長年間に、堺の僧、高三《たかさぶ》隆達が小歌に節をつけて歌いはじめ、時流に投じたもので、隆達節ともいう。歌詞は自作もあるが、室町小歌を受けついだものも多い。七七七五の形式をとる近世調の作が見られ、近世小歌の祖とされている。52—56

梁塵秘抄　一一七〇年代頃成立。後白河法皇の編纂による、今様を主とする平安歌謡集。も

大岡　信(1931―2017)
詩人．著書に『折々のうた』(正・続・第三～第十，新1～新9)，『詩への架橋』『抽象絵画への招待』『連詩の愉しみ』(以上，岩波新書)，『自選 大岡信詩集』『うたげと孤心』『日本の詩歌』(以上，岩波文庫)，『詩人・菅原道真』(岩波現代文庫)，『紀貫之』(ちくま学芸文庫)，『大岡信全詩集』(思潮社)，『日本の古典詩歌』(全5巻，別巻1，岩波書店)など多数ある．

蜂飼　耳
1974年神奈川県生まれ．詩人・作家．詩集『いまにもうるおっていく陣地』(紫陽社)で中原中也賞，『食うものは食われる夜』(思潮社)で芸術選奨新人賞，『顔をあらう水』(思潮社)で鮎川信夫賞を受賞．小説に『紅水晶』(講談社)，『転身』(集英社)，文集に『空席日誌』(毎日新聞社)，『おいしそうな草』(岩波書店)，古典の現代語訳に『虫めづる姫君　堤中納言物語』『方丈記』(光文社古典新訳文庫)などがある．

大岡信『折々のうた』選
詩と歌謡
岩波新書(新赤版)1815

2020年4月17日　第1刷発行

編　者　蜂《はち》飼《かい》　耳《みみ》

発行者　岡本　厚

発行所　株式会社 岩波書店
〒101-8002 東京都千代田区一ツ橋2-5-5
案内 03-5210-4000　営業部 03-5210-4111
https://www.iwanami.co.jp/

新書編集部 03-5210-4054
https://www.iwanami.co.jp/sin/

印刷・精興社　カバー・半七印刷　製本・中永製本

ISBN 978-4-00-431815-6　　Printed in Japan

岩波新書新赤版一〇〇〇点に際して

ひとつの時代が終わったと言われて久しい。だが、その先にいかなる時代を展望するのか、私たちはその輪郭すら描きえていない。二〇世紀から持ち越した課題の多くは、未だ解決の緒を見つけることのできないままであり、二一世紀が新たに招きよせた問題も少なくない。グローバル資本主義の浸透、憎悪の連鎖、暴力の応酬——世界は混沌として深い不安の只中にある。

現代社会においては変化が常態となり、速さと新しさに絶対的な価値が与えられた。消費社会の深化と情報技術の革命は、種々の境界を無くし、人々の生活やコミュニケーションの様式を根底から変容させてきた。ライフスタイルは多様化し、一面では個人の生き方をそれぞれが選びとる時代が始まっている。同時に、新たな格差が生まれ、様々な次元での亀裂や分断が深まっている。社会や歴史に対する意識が揺らぎ、普遍的な理念に対する根本的な懐疑や、現実を変えることへの無力感がひそかに根を張りつつある。そして生きることに誰もが困難を覚える時代が到来している。

しかし、日常生活のそれぞれの場で、自由と民主主義を獲得し実践することを通じて、私たち自身がそうした閉塞を乗り超え、希望の時代の幕開けを告げてゆくことは不可能ではあるまい。そのために、いま求められていること——それは、個と個の間で開かれた対話を積み重ねながら、人間らしく生きることの条件について一人ひとりが粘り強く思考することではないか。その営みの糧となるものが、教養に外ならないと私たちは考える。歴史とは何か、よく生きるとはいかなることか、世界そして人間はどこへ向かうべきなのか——こうした根源的な問いとの格闘が、文化と知の厚みを作り出し、個人と社会を支える基盤としての教養となった。まさにそのような教養への道案内こそ、岩波新書が創刊以来、追求してきたことである。

岩波新書は、日中戦争下の一九三八年一一月に赤版として創刊された。創刊の辞は、道義の精神に則らない日本の行動を憂慮し、批判的精神と良心的行動の欠如を戒めつつ、現代人の現代的教養を刊行の目的とする、と謳っている。以後、青版、黄版、新赤版と装いを改めながら、合計二五〇〇点余りを世に問うてきた。そして、いままた新赤版が一〇〇〇点を迎えたのを機に、人間の理性と良心への信頼を再確認し、それに裏打ちされた文化を培っていく決意を込めて、新しい装丁のもとに再出発したいと思う。一冊一冊から吹き出す新風が一人でも多くの読者の許に届くこと、そして希望ある時代への想像力を豊かにかき立てることを切に願う。

（二〇〇六年四月）

岩波新書より

岩波新書より

随筆

声　優　声の職人　森川智之
作家的覚書　髙村　薫
落語と歩く　田中　敦
日本の一文 30選　中村　明
ナグネ　中国朝鮮族の友と日本　最相葉月
子どもと本　松岡享子
医学探偵の歴史事件簿ファイル2　小長谷正明
里の時間　芥川　仁／阿部直美
閉じる幸せ　残間里江子
女の一生　伊藤比呂美
仕事道楽　新版　スタジオジブリの現場　鈴木敏夫
医学探偵の歴史事件簿　小長谷正明
もっと面白い本　成毛　眞
99歳一日一言　むのたけじ
土と生きる　循環農場から　小泉英政

なつかしい時間　長田　弘
面白い本　成毛　眞
百年の手紙　梯久美子
本へのとびら　宮崎　駿
思い出袋　鶴見俊輔
活字たんけん隊　椎名　誠
道楽三味　小沢昭一／神崎宣武 聞き手
ブータンに魅せられて　今枝由郎
文章のみがき方　辰濃和男
悪あがきのすすめ　辛　淑玉
水の道具誌　山口昌伴
スローライフ　筑紫哲也
怒りの方法　辛　淑玉
伝　言　永　六輔
活字の海に寝ころんで　椎名　誠
四国遍路　辰濃和男
嫁と姑　永　六輔
親と子　永　六輔
老人読書日記　新藤兼人

夫と妻　永　六輔
商（あきんど）人　永　六輔
活字博物誌　椎名　誠
芸　人　永　六輔
現代人の作法　中野孝次
職　人　永　六輔
二度目の大往生　永　六輔
あいまいな日本の私　大江健三郎
大往生　永　六輔
文章の書き方　辰濃和男
白球礼讃　ベースボールよ永遠に　平出　隆
ラグビー　荒ぶる魂　大西鉄之祐
活字のサーカス　椎名　誠
新つけもの考　前田安彦
プロ野球審判の眼　島　秀之助
マンボウ雑学記　北　杜夫
東西書肆街考　脇村義太郎
アメリカ遊学記　都留重人
ヒマラヤ登攀史〔第二版〕　深田久弥

岩波新書より

言語

60歳からの外国語修行 メキシコに学ぶ	青山 南
やさしい日本語	庵 功雄
世界の名前	岩波書店辞典編集部編
英語学習は早いほど良いのか	バトラー後藤裕子
ものの言いかた西東	小林 隆 澤村美幸
日本語スケッチ帳	田中章夫
日本語の考古学	今野真二
辞書の仕事	増井 元
実践 日本人の英語	マーク・ピーターセン
ことばの力学	白井恭弘
女ことばと日本語	中村桃子
テレビの日本語	加藤昌男
日本語雑記帳	田中章夫
英語で話すヒント	小松達也
仏教漢語50話	興膳 宏
語感トレーニング	中村 明
曲り角の日本語	水谷静夫
日本語の古典	山口仲美
ことばと思考	今井むつみ
漢文と東アジア	金 文京
外国語学習の科学	白井恭弘
日本語の源流を求めて	大野 晋
英文の読み方	行方昭夫
ことば遊びの楽しみ	阿刀田高
日本語の歴史	山口仲美
日本の漢字	笹原宏之
ことばの由来	堀井令以知
コミュニケーション力	齋藤 孝
聖書でわかる英語表現	石黒マリーローズ
漢字と中国人	大島正二
日本語の教室	大野 晋
日本人はなぜ英語ができないか	鈴木孝夫
心にとどく英語	マーク・ピーターセン
日本語練習帳	大野 晋
翻訳と日本の近代	丸山真男 加藤周一
日本語ウォッチング	井上史雄
教養としての言語学	鈴木孝夫
日本語の起源〔新版〕	大野 晋
日本人の英語 正・続	マーク・ピーターセン
日本語と外国語	鈴木孝夫
日本語〔新版〕上・下	金田一春彦
日本語の構造	中島文雄
ことばとイメージ	川本茂雄
外国語上達法	千野栄一
記号論への招待	池上嘉彦
翻訳語成立事情	柳父 章
ことばと国家	田中克彦
日本語の文法を考える	大野 晋
日本の方言	柴田 武
言語と社会	ピーター・トラッドギル 土田 滋訳
ことばと文化	鈴木孝夫

岩波新書より

哲学・思想

ルイ・アルチュセール	市田良彦
異端の時代	森本あんり
ジョン・ロック	加藤　節
インド哲学10講	赤松明彦
マルクス 資本論の哲学	熊野純彦
トマス・アクィナス 理性と神秘	山本芳久
生と死のことば 中国の名言を読む	川合康三
アウグスティヌス 「心」の哲学者	出村和彦
日本文化をよむ 5つのキーワード	藤田正勝
矢内原忠雄 戦争と知識人の使命	赤江達也
中国近代の思想文化史	坂元ひろ子
憲法の無意識	柄谷行人
ホッブズ リヴァイアサンの哲学者	田中　浩
プラトンとの哲学 対話篇をよむ	納富信留
〈運ぶヒト〉の人類学	川田順造
哲学の使い方	鷲田清一
ヘーゲルとその時代	権左武志
柳　宗悦	中見真理
人類哲学序説	梅原　猛
加藤周一	海老坂武
哲学のヒント	藤田正勝
空海と日本思想	篠原資明
論語入門	井波律子
トクヴィル 現代へのまなざし	富永茂樹
和辻哲郎	熊野純彦
現代思想の断層	徳永　恂
宮本武蔵	魚住孝至
西田幾多郎	藤田正勝
丸山眞男	苅部　直
西洋哲学史 近代から現代へ	熊野純彦
西洋哲学史 古代から中世へ	熊野純彦
世界共和国へ	柄谷行人
悪について	中島義道
偶然性と運命	木田　元
近代の労働観	今村仁司
プラトンの哲学	藤沢令夫
術語集 II	中村雄二郎
マックス・ヴェーバー入門	山之内靖
ハイデガーの思想	木田　元
臨床の知とは何か	中村雄二郎
新哲学入門	廣松　渉
「文明論之概略」を読む 上・中・下	丸山真男
術語集	中村雄二郎
死の思索	松浪信三郎
生きる場の哲学	花崎皋平
イスラーム哲学の原像	井筒俊彦
北米体験再考	鶴見俊輔
アフリカの神話的世界	山口昌男
孟　子	金谷　治
孔　子	貝塚茂樹